魔球

〔日〕东野圭吾 著

黄真 译

新经典文化股份有限公司
www.readinglife.com
出 品

魔球

目录

1 序　章

13 插　话

27 接球手

67 证　言

117 传　言

161 追　踪

199 约　定

231 右　臂

271 终　章

序章

一阵春风从脚下扫了过去。

昭和①三十九年三月三十日——

须田武志站在投手板上。

这不是一块简简单单的投手板。如果想站在上面,不光得有一定的能力,还要有相当的运气。

武志一边用钉鞋踢了踢投手板上的土,一边低语:"运气到此为止了吧。"

武志并不厌恶危机,他一直觉得这就像是为获得快感而进行的投资。让心怦怦乱跳的紧张感也不是坏事,最起码,危机全无的道路上不存在成长的可能。

他抬起头,深吸了一口气,将视线移向了周围。

赛况其实很简单。

---

①日本昭和元年为1926年。

第九局下半回合，对方二人出局，满垒，武志所在的开阳高中队只以一比〇领先对手大阪亚细亚学园队，所以只要被一击逆转，就会遭到淘汰。这是个足以让电台的播音员充分发挥的局面，他现在应该正哑着嗓子唇舌飞舞吧。

武志再次观察了一下，各个垒上都站着对方的跑垒员，无论哪一个看上去都要比自己队上的守场员更成熟。

真难对付。他两手叉腰，叹了口气。到处都被严防死守住了。

当对战的另一方定为有望夺冠的大阪亚细亚学园队时，武志心想机会来了。在他看来，这个对手再好不过，既能让世人知道他的实力，又能让职业棒球界的球探们眼前一亮。要测量一样东西的大小，就必须要有合适的标尺。

他暗藏于心的目标已经在不久前实现了。今天早上的报纸为他打出了"本次大赛最大的亮点，大赛头号投手须田武志将迎战大阪亚细亚学园队强劲的击球手阵容"的宣传语，而且据赛前隐约听到的传闻，已经有好几个球探开始为他奔走起来。接下来只要紧紧地压制住大阪亚细亚学园队的击球手就没问题，而实现这个目标也十拿九稳了。

对方的击球手面对武志投出的球，完全抓不准时机，简直就像在演奏一架没有调好音的钢琴，错过时机的挥棒反复上演。到第八局为止，对方有两次安打，但都因接下来的击球手打出地滚球而被双杀。只剩下第九局下半回合了。

正当武志不禁想要在投手板上哼一首小曲的时候，比赛的形势却有了微妙的变化。

第一棒击球手打出的一记飘飘忽忽的高飞球根本不值一提,却只听啪嗒一声,球落在了三垒手面前。这是一记如老狗撒尿一般毫无魄力和气势的击球,甚至想象不到怎么才会失球,然而己方的失误已是不折不扣的事实。武志以一种难以置信的心情看着三垒手,三垒手也是一副难以置信的表情,久久地盯着自己的手套。

三垒手慢慢走上前,蹭掉球上沾着的土,把球交给了武志。"刚才是因为看见看台上那片穿白衣服的人了。"

武志默默地接过球,目光从三垒手身上移开,重新戴好帽子。三垒手似乎在等着武志说些什么,却发现武志并无此意,便迅速转身跑开,再次进入了防备状态。

其他守场员也以此为信号各自归位,似乎一切都回到了先前的状态,不同的是,垒上出现了跑垒员。

接班的击球手打出了一记触击球,这是个无论如何都要协助跑垒员上垒而打出的教科书式的一球。

接下来的击球手朝游击手打出地滚球,游击手接球失误,从这时开始,形势骤然变得奇怪起来。二垒跑垒员虽然还在原位,却有可能逆转局面。担任接球手的队长北冈来到投手板,将内场手召集在了一起。总之要冷静下来,得胜的是我们,就算丢一分也不等于输掉——

几个内场手的表情看上去既像是因恐惧而绷紧,又像是在怄气。恐怕两者都有吧,武志心想。至今为止未曾体会的紧张感和从刚才开始持续涌来的观众助威声,或许正侵蚀着他们脆弱的神经。而且,他们一定感到愤怒:为什么自己要受这种罪?

过了一会儿,守场员们散去,又各自归位。

接着上场的击球手被武志三振出局,但到头来,这却成了招致危机的祸水。守场员们刚因对方二人出局而松了口气,对方却决定来一个绝妙的上垒触击球。

虽说绝妙,但如果好好处理,并不是无法对付。然而三垒手就像被紧紧绑住一样站在那里,呆呆地看着似乎要舔上三垒线的球滚过来。

一阵欢呼爆发出来,袭向站在球场中央的武志。因为有当地球队出场,一垒侧和三垒侧都没有己方的啦啦队。对大多数观众来说,武志除了是个值得憎恨的敌人,什么都不是。

第九局下半回合的局面就这样形成了——二人出局,满垒,只要被一击逆转,就会遭到淘汰。

武志把目光投向了三垒侧的看台,当地的球迷染成了同一片颜色,中间有一块污渍般又小又可怜的观众,那是从千叶的偏僻乡村过来的啦啦队。他们在面前放下一块垂幕,武志记得上面写着:"必胜!开阳高中!"然而那块垂幕现在却样子怪异地卷了起来,关键的字看不到了。

坐在最前面的就是校长"吊胡子"吧,武志想。他对校长新做的那套灰色西装还有记忆,据说是为本次大赛特别准备的。在动员大会上校长似乎就穿着那套西装。吊胡子是个外号,因为校长头顶光秃，却留着胡子。武志想象着，在目前的情况下，那引以为豪的胡子也在可悲地颤抖吧。

观众的声音变得更大了。

定睛一看，原来是第四棒击球手津山走进了击球区。这是个块头像山一样的男生，相形之下球棒显得格外短小。而他一双野兽般的眼睛，看上去对武志怀着深仇大恨。

接球手北冈再次叫暂停，走了过来。"麻烦来了，怎么办？"他掀起面罩，抬眼看着武志。与一米七七的武志相比，北冈矮了几厘米，不过比武志壮实。

"真想打四坏球保送他，"武志答道，"那种对手不好对付。"

"如果保送他，对方就挤垒得一分了。"

"这么一来，就没有胜算了吧。"

北冈把手叉在腰上，瞪着武志。"别开玩笑！"他说道，"让他打中吗？还是让他三振？"

武志向守场员那边一瞥，与刚才制造失误的游击手对上了视线。游击手将目光移开，右拳嘭嘭地叩击着手套。

"还是让他三振吧？"

北冈似乎察觉到了武志的心思，没有回答，而是向武志微微一耸肩。

"O——K——"北冈一边戴好面罩，一边走回本垒。他在套好接球手套之前，将右手的食指和小拇指竖了起来，大声喊道："二人出局！"

比赛继续。

武志再次打量了一下击球区的第四棒击球手。据说他的名字已经被职棒球探画上了着重号,此人确实有着让人满意的体格,击球也准确。今天的两记安打都是这个人击出的。虽说不过是轻轻触碰的球穿过了守场员之间的空当,但这并非谁都做得到。

武志看到北冈的暗号后点了点头,用目光牵制住三垒跑垒员,动作稍快地投出了第一球。击球手目送着球低低地投向了外角。裁判宣告"好球",声音里注满气力。看来感到紧张的并不仅仅是选手和观众。

第二、第三球都是瞄准同一个地方投出的,但似乎稍有些偏离,被判定为坏球。

第四球让武志吃了一惊。津山似乎正在等它过来,气势汹汹地猛挥了一下球棒。只见球狠狠地撞上了挡球网,仿佛要将它刺穿一般。时间和津山预测的精准吻合,只是击球失误罢了。他用球棒叩击着自己头盔的顶部,懊恼不已。

这个人能打中,武志心想。

这不是实力优劣的问题,他不知道下次比赛的时候会是怎样的情形,但最起码今天的球能被击中。武志认为像这样超越人类力量的某种东西存在于投手与击球手之间。

这样下去会被击中——

接下来的球是投到内角的坏球。北冈点点头,把球投还给武志。他的心情与武志的相反,看上去一副一切尽在掌握之中的表情。

武志朝三垒投了两个牵制球后，看了看击球区，津山依旧紧紧盯着武志，气魄丝毫没变。武志叹了口气，观察着北冈的手势。

他向武志要求一个低角度的外角直球。

武志点点头，做出了投球的姿势。至今为止他还没有违背过北冈发出的指示。这是因为北冈的指示大多都是正确的，即便稍微出些差错，他的球也没有被对方击中过。

但是这一天却不同。

武志全神贯注地投出了一球，津山粗壮的手臂和球棒随即挥出。时间预测得基本准确，转瞬间，球从武志的视野里消失了。

武志感觉球飞向了一垒线，他看向那里。只见一垒手在垒包后方两三米处扑倒。而在更后面的地方，右外场手却呆呆地盯着骨碌碌滚到界外的球。

右外场手的旁边，司线员高高扬起手臂，宣告"犯规"。

球场全体观众爆发出一阵叹息，乃至投手板上空都能感到一丝微暖的气息。

北冈又叫了暂停，走向武志，他苍白的脸色在几米开外都看得出来。

传令员也从休息椅上走了过来。"领队说，干脆让他击中一球。"兼任替补投手的传令员神色稍显紧绷。

武志与北冈对看了一眼，接着，轻轻闭上眼睛，向传令员说道："跟领队说，我知道了。"

传令员回到了休息椅上。椅子旁是森川领队像熊一样徘徊的身影，他从未预想过球队能打进甲子园①。

"如果我干脆让他击中，"戴着棒球手套的武志一边摆弄着球，一边看着北冈说道，"你觉得会是什么结果？"

"从领队的处境来看，只能这么做了。"北冈犯难似的皱起眉头，说道，"你没信心让他打偏？"

"我倒是有信心不让他正中球心，"武志回答道，"可你看见他像猩猩一样的挥棒和击球了吧？要是球飞到前面就全完了。虽说我也想信赖防守队员，但大家都摆着一副球不会飞到自己这里的表情。"

"他们实力弱。"

"太弱了。"

"你想怎么办？"

"这样吧，"武志盯着自己的指尖，又将视线转回北冈，"能按我自己的想法行事吗？"

"可以。"北冈答道。

武志将球拿在手掌上转了两转，接着用手套遮住嘴，小声地向北冈道出了他的打算。

北冈惊讶地皱起眉头。"究竟怎么回事？"

"你别管了，照我说的做，行吗？"

"可是……"

这时，裁判走了过来，催促他们快点结束。于是北冈似乎也下

---

① 日本全国高中棒球选拔赛的赛场。

定决心，猛地点了点头。"明白，我下定决心了。"

北冈回到本垒，主裁判的声音传来。

武志深呼吸了一下。

第九局下半回合，二人出局，满垒——无论拖到什么时候，这个状况都没有变。

武志摆好侧身投球的姿势，注意着占据垒包的跑垒员的动向。球一投出去，他们一定也会同时出动。虽然有牵制出局的可能，但跑垒员离垒的距离并不远。不仅因为击球手是津山，武志的牵制球技术之纯熟也是他们所共知的。

武志的注意力集中在了击球手上。

对方啦啦队轰鸣般的欢呼声直达耳根："打飞它——津山！加油！打败他们！嘿！"

随你们去吼！武志全神贯注，投出了这一球。

看上去是个半速的直球。

津山表情扭曲着，以猛烈的速度挥出球棒。击中了——他一定是这么想的。但是接下来的一瞬间，他的身体失去了平衡。他使出浑身力气挥出的球棒非但没击中球，反倒让挥棒的势头将他带得一屁股栽到了地上。

津山用难以置信的目光看着挥空的球棒。

但比这还让人难以置信的事发生了。

球在北冈的手套前扬起尘土，刹那间又滚到了挡球网附近。北冈过了几秒才清醒地认识到现实。他扔下面罩赶紧追球，第一个跑垒员已回到本垒。

欢呼与混乱中,北冈终于追上了球,他回头朝武志看去。武志已经摘下了手套。

北冈也没有扔过球去。

第二个跑垒员完成了扑垒。

大阪亚细亚学园队和看台一阵狂喜。一条彩带横向飘过立在场上的武志和北冈之间。

北冈好像在小声说着什么。然而声音却传不进武志的耳朵。

武志双手叉腰,仰望天空。天空一片灰暗。

明天会下雨吧。

他把帽子摘了下来。

插话

三月二十三日，星期一，还有五天就是春季高中棒球选拔赛了。

东西电机资材部的臼井一郎从一早开始肚子就不舒服。坐在桌前，他的下腹一直疼痛不已，根本无法工作。虽然如此，他又羞于上班的铃声刚响就去洗手间，于是强忍了十分钟左右，才从座位上站了起来。

洗手间就在从资材部出去左转不远的地方，木门上镶着毛玻璃，上面用油漆写着"男厕所"。臼井急急忙忙推开门进去了。

洗手间里有两个隔间，其中一扇门上贴了张写有"故障"的纸。臼井一边咂嘴，一边打开了另一扇隔间的门。这个公司的厕所总是坏得很快。

而马上臼井又啧啧抱怨起来：他走进的这个隔间，里面的厕纸已经一无所剩。于是他打开那个故障隔间的门，准备拿一些厕纸过来。

正是在这个时候，他注意到了那个隔间里放着一个黑皮包。

这是什么？如果是修理工的包，未免有些古怪吧？臼井思忖着。

但他没再深究。现在他可顾不了这个。

时过正午，臼井又去了趟洗手间。写有"故障"的纸依旧贴在门上，他有些好奇，便打开门看了一眼。那个皮包果然还原封不动地放在那里。

那是一个用旧了的黑色皮包。这个时候，臼井也还只是歪着头稍加揣摩了一番，并没有碰那个皮包。

当他发觉这件事有些蹊跷时，已经是第三次上洗手间了。都故障这么久了，居然还放着不管，这种事到今天还是头一遭。而那个褪色的皮包还是和早上的状态一样，完全没有被触碰过的痕迹。

会不会是谁落下的？

臼井扫视了一下皮包，没有看到上面贴着姓名牌之类的东西。于是他决定将皮包打开来看看。这个包从早晨起就放在这里，就算被人看了也是没办法的事，臼井这样想着。在手触到拉链时，臼井脑中闪过一丝不祥的预感，但他还是慢慢地移动着手。

岛津警察局接到东西电机株式会社总部内被人安放了炸弹的通报，是在当天下午四点三十分左右。炸弹安放在五层楼高的事务总部的三层男洗手间里。发现者是资材部资材一科科长臼井一郎。

距离现场不远的会议室里，臼井的情况听取会正在进行。主持者是千叶县警本部搜查一科的上原和篠田。上原三十岁左右，身材结实，目光锐利。篠田则比上原年轻几岁，或许是稍胖的缘故，看上去更显稳重。

情况听取会采取上原提问、篠田记录、白井回答的形式。根据陈述,白井是最早发现皮包的人,时间在早上八点五十分左右。

"往来于那个洗手间附近的人多吗?"上原问道。

"很多,"白井用手帕擦拭着并没出汗的额头说道,"资材部就在那旁边,那里又离楼梯很近……所以上班点那会儿特别混乱。"

"你说'上班点'是几点?"

"八点四十,这个时间之前都很拥挤。"

"在这个时间段,用洗手间的人也很多吧?"

"嗯,很多。"

"这样一来,如果其中一个隔间出了故障,那就更混乱了吧?"

"是啊。不过,我刚才问过同事,那时候根本没贴什么故障的纸。"

"原来如此,"上原点头道,"那么凶手是在八点四十分到五十分之间安放炸弹并贴上那张纸的吧?"

"嗯,应该是。"白井带着几分确信的口吻说。

"那个时候,按理说现场附近的人应该变少了吧?"上原问道。

"当时已经是人最少的时候了。"白井以非常自信的语气回答道,"如果刚上班就跑去洗手间,会被上司注意到的。而且今天是星期一,所有部门都要行五到十分钟的早礼。"

"哦……"白井的话让上原陷入了思考。从白井的话来看,凶手选择了一个绝好的时间段安放炸弹。如果这是最初就计划好的,那凶手很可能就是对内部情况比较熟悉的人。

"对了,这是你们的制服吗?"上原指着白井的上衣问道。

那件上衣是白底的,胸前用红线绣着"TOZAI"①字样。上原发现,其他职员也都穿着同样的衣服。

"啊,这个吗?是啊,这是职工服。"白井捏起衣服上的绣字给他们看。

"你们什么时候换衣服?"

"到了公司马上就换。"

"这么说,刚上班的时候,大家都换好衣服了吧?"

"是的。"

"如果不穿就会很惹眼吧?"

"倒也不能说惹眼,如果都是熟人,我想不会有人留意。如果是个陌生人,就会引起注意了。"

上原一言不发,点了点头。如果是熟悉内部情况的人,不可能不注意到这一点。

"那个……"大概是因为上原陷入了沉默,白井诚惶诚恐地开口了,"那个东西究竟怎么样了?看样子是处理好了吧……"

"那个东西?啊,你说炸弹吗?"上原挠了挠鼻翼。

因为皮包里的东西是炸弹,一时间,又是公司全体人员跑出建筑避难,又是消防车出动,一片喧哗。在现场所有人的注视下,爆炸物处理组着手调查起了炸弹。

"正在调查,不过从结论来看,好像没有引爆的危险。但因为

---

①日文"東西"的拉丁字母写法。

18

上面连着几管硝化甘油炸药,也谈不上它是安全的。"

"那,'没有引爆的危险'是指……"

"这我们也不清楚。"为了不让白井再提问,上原严肃地回应道。

道谢后,上原和篠田结束了情况听取会,走向事发建筑的正门。正门旁有一间保卫室,两个门卫挤在里面。上原二人走进去向他们打招呼,年纪大些的男子做了回应。他一头白发却体形魁梧,看上去非常强壮。上原想起了那个传言:东西电机的门卫曾是陆军的勇士。

"对非本公司的人员进出,你们是怎么查验身份的?"

门卫答道:"我们发放进门许可证,发放的同时对方有义务亮明身份,并在来客簿上登记。许可证在对方回去的时候返还给我们。"

"怎么与公司内部人员区分?"

"对于没有穿职工服的人,我们基本都会询问身份。"

"离开公司的时候又怎么办呢?就算是职员也不穿职工服吧?"

"离开公司就没办法了,如果要求所有人都证明身份,就会变得一团糟。"要是那样,就麻烦到家了——他的语调中似乎含有这样的意味。

"这么说,开始上班后,没穿职工服的人出入时,这里是会检查的吧?"

"当然!"门卫看上去有些恼怒。

"上班时间内穿着职工服的人,也就是公司内部人员,出入的情况多吗?"

"那可多了。去各地工厂的人都是从这里通过的。"

"你们不会叫住这些人吧？"

"不会，"门卫不快地说道，"要是做到那个份上，不知有多麻烦。"

"你还记得今天开始上班后不久，从这里出去的人的模样吗？"上原问道。

门卫摆出不耐烦的神色，朝身旁的年轻同事看了看。年轻的门卫一副事不关己的样子，目光一直停留在手边的笔记本上。

"十分感谢你们。"在听到对方回答之前，上原就已站了起来。

回到警察局，上原向组长桑名报告了调查结果。而此时，关于炸弹的鉴定也基本结束，上原从桑名手中拿到了鉴定报告。

"报告中的看法是，作为一场恶作剧来说，这实在是很精心的设计。"上原看报告时，桑名首先说道。

"恶作剧？怎么说？"

"凶手没有要让它爆炸的意思。"桑名将黑板拉到跟前，拿起粉笔，"炸弹分为炸药与点火装置（图1），点火装置的开关是这种构造（图2），这样，接点A与B一接触就会点火。"

"真是奇怪的构造。"年轻的筱田谨慎地插话道。

"根据报告，这只是个简单的定时装置。"桑名说完，在图中的接点A与B之间又画上了一个圆形的块状东西。"这里，如果夹上一块干冰，随着时间过去，干冰升华，A与B就会接触。"

图1 炸弹的构造

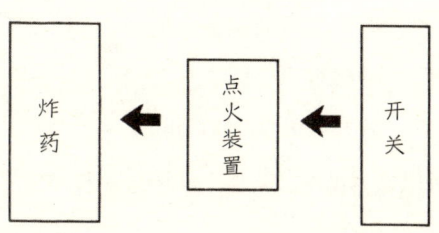

图2 开关的构造

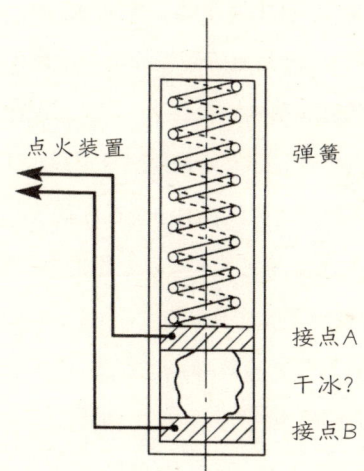

21

"原来如此。根据干冰量的多少，时间上的调整也能做到了吧。"上原抱着胳膊，一边看图一边暗自称奇。"不过，你说凶手没有让它爆炸的意思，又是怎么回事？"

桑名清了清嗓子。"也就是说，接点之间夹着的并不是干冰，"他说道，"而是一块破布。"

"破布？"上原与篠田异口同声道。

"嗯，所以永远也不会爆炸。说这是场精心设计的恶作剧，也正是从这一点得出的结论。"

"真奇怪啊。"上原歪头思考着。他琢磨不出凶手的真实意图。就算是半开玩笑，那也过于危险了，对凶手来说也同样危险。"炸药方面，有什么发现吗？"上原改变了提问的方向。

"来源还在调查。炸药是六管硝铵炸药，上面还接了雷管。详细来说……"桑名的目光落到了报告上，"这是 A 化工公司的新型硝铵炸药和六号混合雷管。导火线是速燃导火线，N 化学药品公司的产品。点火装置由用点火药包着的白金针和低压电源组成。"

篠田飞快地将上述情况记了下来，上原则在一旁用余光看着。"拿它当恶作剧来看，确实是过于精心设计了。"他叹息一声说道。

"我也这么觉得。"桑名撇着嘴点了点头，"不过，在考虑这个之前，先查出这些东西的来源才是首要工作。"

"从皮包上发现了什么吗？"上原问道。

"制造商虽然是知道了，不过这款产品在全国都有相当大的上市量，从这一点来追查恐怕不行。指纹方面，只检测出了发现者的指纹。"

"嗯。"上原左右扭了扭脖子,肩膀周围咔咔作响,"我总感觉凶手是个与东西电机有关的人。"

"熟悉公司内部事务的人,对吗?"

"是的,而且凶手应该有一身东西电机的职工服。正如刚才所说,如果不穿职工服,既会遭到其他职员的怀疑,也会被门卫注意到。"

"凶手是曾在东西电机工作的人?或者是在职人员……"

"也可以认为是这些职员的熟人。"

"可是,凶手究竟为什么要干这种事呢?"篠田突然在旁边开口道。

上原与桑名面面相觑。这个问题,两个人都答不上来。

炸弹风波过去一周后,一个消息从岛津站派出所传到了上原他们那里——车站附近有个穿着东西电机职工服的流浪汉。岛津站是距离东西电机最近的车站,上原带上篠田,一同前往了那个派出所。

在那边等着他们的是个姓天野的年轻巡警。天野眼睛细小,长着一张和气的面孔。"我问过那个流浪汉了,他说衣服是上个星期捡到的。这让我想起了那个炸弹案,于是就联系了你们。"天野伸直脊背,声音都变得僵硬起来。

"能让我们看看那件职工服吗?"上原问道。

"好的,请稍等。"天野走进了里屋。

上原在身边的一把椅子上坐了下来。桌子上的半导体收音机正响着,似乎在直播高中棒球赛。

"这是开阳队的比赛。"篠田一边将音量调大,一边说。开阳高中是作为本地代表队出场的。"今天是首轮比赛,没想到跟有望夺冠的大阪亚细亚学园队成了对手。抽签真不走运。"

"可是领先了呢,一比〇。"

这时,天野拿着一个包袱从里屋出来了。"须田吗?真是个名不虚传的投手啊,他现在的状态让亚细亚也奈何不了。"

"那可真了不起啊!"

上原一边答话,一边将收音机的音量调小了些。他仅是知道开阳高中的须田这个名字而已。

"真是个不错的投手。先不说那个,这是那件职工服。"

天野在上原的面前解开了包袱,从里面取出一件已经发黑的上衣。前胸处确实绣着"TOZAI"的字样。如果没有绣字,或许根本看不出这是东西电机的职工服。

"他说这是从哪儿捡来的?"

"从车站的垃圾箱里。时间是上星期一,炸弹案发生当天。"

"记得真清楚啊!"篠田说道。

"他对这种事情的记性特别好。星期几,从哪家店的垃圾箱里能捡到什么,他都知道得一清二楚。非常了不起啊。"天野的语气里透着一种纯粹的佩服。

"这么说来,这件职工服被丢弃是在那之前的事了……"

"或许是之前的星期天或者星期六。"

篠田刚说完,天野忽然说道:"不,我认为丢弃的时间是星期一。"他的语气颇为自信,"那些人每天都会翻垃圾箱,这么好的东西扔在那里,当天肯定就会被捡走了。"

"也是。"

年轻巡警的话得到了上原的认同。或许正是这样。而且,如果这件职工服是在星期一被丢弃的,那它是被凶手丢弃的可能性就很大了,上原思忖着。"那个流浪汉在哪儿?"他向天野问道。

"就在附近。他称那是他的专座,他们每个人都有自己指定的地方。把他带过来吗?"

"拜托了。"

天野离开后,上原再次将那件破抹布似的职工服仔细检查了一遍。姓名牌之类的东西自然是没有的。衣服散发出一股恶臭,可能是被流浪汉穿过的缘故。

"我感觉眼前浮现出来了……"上原小声嘟囔了一句。

"嗯?"篠田问了一声。

"凶手的形象。那个人穿着这件职工服堂而皇之地走出正门的样子。"

说完,上原调大了收音机的音量。播音员悲鸣般的声音跳了出来。"逆转,被逆转,惨遭淘汰!优秀投手须田!这成了他痛悔的最后一球!"

接球手

1

从云的走势看，雨滴似乎就要落下来了。大多数学生都带着伞，须田勇树将伞和书包一起绑在了自行车后架上。

勇树跨坐在自行车上，没有踩脚蹬。他一只脚着地，目光看向前方。不光是他，周围的学生都是这副姿势。

他们停在沿河堤的道路上。旁边流淌着的，是一条名叫逢泽川的小河。

沿这条路直走就能到开阳高中的大门，他们却在离大门不远处停住了脚步。

很明显，事态并不寻常。几辆警车停在那里，很多警察正神情严肃地来回走动。围起的隔离带更是把本就狭窄的路面挤得只剩下四分之一宽，导致准备去上课的学生都堵在了这里。

"是出什么事了吧？"勇树的朋友下了自行车，跳着望去，随即说道。但除了走来走去的警察，什么也看不到。

在警察的疏导下，道路终于畅通起来。经过似乎出了事的现场旁边时，勇树稍稍踮起脚看了一下，但什么也没看见。只有那群目光锐利的男子正表情严肃地商讨着什么。

勇树从这片混乱中脱离出来，这时，他听见了旁边几个学生的说话声。

"听说是杀人案。"一个留着平头的学生悄声说道。

"杀人案？真的吗？"另一个学生小声问道。

接着，两个人就骑上自行车走远了，声音也渐渐听不到了。

"杀人案？"勇树一边蹬着自行车，一边重复着这个词。这是个唤不起他任何实际感受的词，里面似乎包含着他所不知道的大人世界的味道。

勇树走进二年级 A 班的教室时，同学之间正为这件事聊得热火朝天。他座位附近也不例外，以近藤为中心，一圈人正说着话。近藤平时并不是个惹眼的学生，但今天早上，他的眼睛却熠熠生辉。

勇树从朋友那里得知，因为近藤到校的时间比其他人早许多，在还没引起混乱之前就经过了现场，因此掌握了相当详细的信息。

据近藤说，他经过现场时，那里还残留着大量血迹。对于这个场景，近藤形容道："那就像水桶被打翻，水溅了一地一样。血已经变干，颜色黑红，反正很恶心。"

好几个人听得直咽口水，而近藤接下来的话让大家更加紧张。他说："被杀的人怎么看都像是我们学校的学生。"

"真的吗？"不知谁说了一句，"难以置信啊！"

"应该错不了。我经过现场的时候，隐隐约约听到警察这么说的。"

"女生吗？"

"这个嘛，我就不知道了。我没听得那么仔细。"

一幅女生被虐杀的图景似乎在他们脑海中被勾勒了出来。说起来，最近"拦路杀人魔"这个词正频繁地出现在报纸上。

"既然流血了，凶器应该是刀具之类的东西。"近藤旁边的学生说道。

"不一定就是刀具吧，手枪也能致人流血呢。你没看过西部片吗？"另一个学生说道。

周围两三个人点了点头。

"用手枪可不会让血飞溅成那个样子吧？"

"是吗？"

"不是很清楚，但我觉得是这样。"

有关凶器与出血程度的知识，大家都是半斤八两，因此没有更深入地讨论这个问题。

过了一会儿，又一个学生自言自语般说道："那段河堤，早上和晚上经过的人都很少，很危险啊。"

或许这句话让人想到这并非事不关己，大家都露出了复杂的表情，沉默不语。

勇树确认他们的对话告一段落，便将抄有英语单词的笔记本取了出来。他想起自己根本没有闲暇在这种事情上花费时间。

然而他好不容易才有的求学心,紧接着就被一个刚走进教室的学生打断了。

"教物理的森川正跟警察面谈呢!"

大声说出这句话的,是个外号"温泉"的小个子学生。他是澡堂老板的儿子。

"在哪儿?"近藤向温泉问道。

"在接待室呢,我进去的时候看见的。是森川,千真万确。"

"为什么森川会跟警察面谈?"

"这个我可不知道。"温泉努起嘴说道。

森川是勇树他们的物理老师,三十多岁,以前打橄榄球,体格健壮,很受学生们的欢迎。让勇树在意的是,森川是棒球部的领队。

"森川是棒球部的领队吧?"

大概是感觉到了勇树内心的波动,一个高个子学生朝他回过头来。这是篮球部一个姓笹井的男生,才高中二年级,却胡子浓密,一副少年老成的模样。

"说不定,被杀的是棒球部的成员?"

这是个大胆的猜测,但周围的学生都点头赞同。笹井似乎对大家的反应感到心满意足,微笑着对勇树说:"须田,你哥可能知道些什么呢。"

勇树一言不发,只是整理着英语单词的笔记,没有要答话的意思。明显看得出来,笹井好像在期待着什么。

"喂，须田。"笹井低声唤他。与此同时，大家开始慌慌张张地回到位子上。只见班主任佐野正从教室门口走进来。"书呆子，真能装！"笹井扔下一句满载恶意的话，回到了自己的座位上。

班主任佐野教历史，平日里是个温和敦厚的中年男子，但今天他的眼神却严肃得出奇。平时多半是一边点名还一边开玩笑，今天却什么笑话也没讲。

点过名后，佐野宣布第一节课改成自习。他给出的理由是要召开紧急教职工会议。平时一听见自习就立刻表现出喜色的学生们，今天倒是特别仔细地听着佐野的话。

佐野正要出去的时候，前排响起了声音。是坐在前面第三排的近藤发出的。

"谁被杀了？"

佐野闻言，对着近藤的脸仔细地看了好一会儿。所有人都屏气凝神，只见佐野气势十足地径直走到近藤身边。近藤缩起身子，低着头。勇树想着近藤是不是会被佐野打一顿。但佐野什么也没说，只是环视了教室一周，告诫道："保持安静，不要吵闹。"接着便快步走出了教室。

佐野的脚步声渐渐远去，全班人都松了口气。特别是近藤。不过他表情虽放松下来，却还残存着几分紧张的神色，看来是正在周围人面前逞强。

勇树从包里拿出了爱伦·坡的英语读本，打算在自习课上看。将来要从事能用到英语的工作——这是他模糊的梦想。作为实现梦想的阶梯，他将考入东京大学作为首要目标。勇树自然不知道各大学之间的差别，但不管怎么说，进入那所汇集了日本最优秀人才的大学是不会错的，他一直这样坚信。

为了追求梦想，他决心不让自己的耳朵沾染杂音，但今天的杂音却格外多。勇树还没将《金甲虫》看完一页，手边的光线就暗了下来。抬头一看，笹井正泛着一丝浅笑俯视着他。

勇树极不自然地叹了口气，又把目光移回到了书上。但是这页书已经让笹井二十多厘米长的手掌盖住了。勇树仰起脸，对着笹井怒目而视。

"走一趟吧，"笹井说道，"森川被传唤的事肯定跟棒球部有关系，因为森川并不是班主任。就请你到须田学长那儿走一趟，问问这事吧，反正三年级的人现在应该也在自习。"

有几个学生似乎听见了笹井的声音，都凑了过来。

"你自己去不行吗？"勇树含着怒气说道。

"我要是去了，你哥可能也不会搭理我。你去不挺好嘛，又没什么损失。走一趟吧。"

"是啊，去一趟有什么不行的？"旁边的一个男生也附和道，"况且须田学长说不定也被警察叫走了呢。"

"为什么我哥要被警察叫走？"

听到勇树的反驳，那个男生嚅动了几下嘴巴，默不作声了。看着这样的状况，勇树厌烦地从椅子上站起身来。

"这是要去吗？"笹井瞪着勇树问道。

"我只是不想在这种争吵中浪费时间。"说着,勇树便走到走廊,气势汹汹地摔上了门。

开阳高中校内,不消说,勇树的哥哥——须田武志的名字几乎无人不晓。他是开阳高中棒球部的投手,球队以前连每年夏天县内大赛的第三轮都没进过,却在他的带领下,于去年的秋季大赛中夺得了亚军。大约十天前的选拔赛上,开阳高中虽然遗憾地输掉了,但他却近乎完美地压制住了高打击率的大阪亚细亚学园队,牢牢牵住了球探们的眼睛。他那旋转极佳的快速球和准确的控球技巧,据说很快就被职业球员借鉴了。

有一个天分如此之高的哥哥,勇树觉得很骄傲。选拔赛之后,他甚至想边走边举着一张写有"我是须田武志的弟弟"的纸。

但随着赞誉之词不断向哥哥抛来,在喜悦的同时,勇树也感到一种渴望逃脱般的焦虑。并不是因为他被拿来跟优秀的哥哥相比而感到不快。勇树心里明白,谁都没有拿哥哥和他比较的意思。他之所以会感到焦虑,是因为想到与哥哥相比,分配给他的任务基本上还没有完成。而哥哥也不过是将二人决定好的分工内容顺利地完成罢了。

勇树蹑足而行,顺着楼梯往上走。武志所在的三年级 B 班在三楼。

二楼的学生趁着自习吵闹起来,与之相比,三楼安静得甚至让人觉得一个人都没有。再加上三楼的走廊是木板的,勇树不管怎么小心,每踏出一步还是会响起木头被踩压的声音。

勇树一面竖着耳朵听动静,一面在走廊上前行。来到三年级B班的门口时,他吃了一惊,不由自主地停住了。从教室里传来了异样的响动,他仔细一听,似乎是细微的抽泣声。勇树半弯下腰,从窗外窥探教室里面的情形。这个班有半数是女生,几乎所有女生,要么将白手帕蒙在眼前,要么伏在桌子上。男生则有的双臂环抱,有的用手托腮,有的闭着双眼……无不浮现着悲痛的表情。

武志坐在靠走廊一侧最后面的位子上。他双手插在口袋里,两条长腿跷起二郎腿,锐利的目光在空中游走。

被杀的应该就是这个班的学生——教室里充满深沉的悲痛和凝重的空气,让勇树有了这样的直觉。

他后悔来到这个地方了,而一想起自己正在窥探别人,更是有了一种想要呕吐的厌恶感。

他悄悄地离开窗边,放轻脚步,顺着走廊准备回去。然而,他身旁的一扇门突然打开了。或许是门的开合状况不好,声音很响,勇树禁不住要喊出声来。

"你来这儿干什么?"

勇树的头顶传来说话声。即便没看见脸,勇树也知道说话的人是谁。

"就是……"勇树低着头吞吞吐吐道。他想找一个能令人信服的借口。

"找我有事?"

"嗯。"勇树点了点头。

武志沉默了一会儿,然后抓起勇树的胳膊,说:"到这儿来。"说完便走了起来。武志力气很大,勇树被拽着一直走到了楼梯平台。

"找我什么事?"武志侧着脸问勇树。

勇树没能编出合适的谎话,只好将刚才与笹井他们的一番话向哥哥做了坦白。

"这帮人,真是无聊!"武志厌烦地说道,但语气中似乎并没有平时的那种魄力。

"算了吧。对不起了。"说完,勇树打算下楼。

"等等!"这时,身后传来了武志的声音,勇树停住了脚步。

"是北冈。"武志漫不经心地说道。

勇树看着哥哥的脸,发了一阵呆。刚才那句话的意思还没有清楚地印入他脑中。"北冈学长怎么了?"他反问道。

"他被杀了,"武志直截了当地说,"北冈被杀了。"

"怎么会这样?"

"真的。"武志说着,脚步转向楼梯,然后回头看了一眼弟弟,接着说,"行了,知道了就回教室去。别为这闲事操心,你应该还有其他的事要做吧?"

"可是……"

"跟你没关系。"武志甩下这句话,径直上楼去了。

勇树目送哥哥的背影消失,带着快要令他窒息一般的混乱心绪下了楼。

2

北冈明的尸体被发现的时间是四月十日，早上五点左右，那天是星期五。发现者是一个每天来往于沿河堤那条路的初中二年级的送报少年。他像往常一样，从逢泽川的上游跑向下游的时候，发现了倒在路边的尸体。

大约二十分钟之后，侦查员到达了现场。当时，送报少年和开阳高中的勤杂工正在离尸体一百多米的地方等待。少年在发现尸体后立即跑向开阳高中，从他口中得知情况的勤杂工报了警。勤杂工每天都从附近过来上班，但好像并不经过尸体所在的那条路。

尸体的身份马上就查明了，勤杂工证实那是棒球部的北冈。棒球部的成员是开阳高中最近的亮点，这些成员的面孔，勤杂工全都记得。

北冈明身着一件灰色毛衣和一条校服裤子，趴在草丛上。腹部看上去是被刀具所刺，大量失血。

此外，侦查员还发现了另一具尸体。距北冈的尸体不远处，还有一条身长七十厘米左右的杂种狗死在那里。狗的颈部被利刃割伤，流了很多血，被发现的时候，全身的毛都沾满了凝固的血。

"情况很奇怪啊。"点上香烟，县警本部搜查一科的高间一边享受着今天的第一支烟，一边悄声说道。他刚刚从酣睡中被叫醒，脑子还是昏昏沉沉的,眼睛也有点睁不开。况且,他一个年过三十的人还是单身独居,这个时候还没吃早饭呢。

"看上去是被害人的狗吧。"一旁的后辈小野指着狗的项圈和与之相连的绳索说,"或许被害人是带着狗出来散步时被杀的。"

"晚上九十点钟还出来散步?况且还是个高中生?"

根据辖区警察局鉴定科人员的陈述,从死后僵直的程度和尸斑的状态来看,被害人已死亡七八个小时。虽然根据随后的解剖结果,死亡时间可能会有所改变,但就目前而言,推定死亡时间是昨晚九点到十点左右。

"这也不是稀罕事,说起来,为什么连狗也要一起杀了?"

"是因为凶手在刺向被害人的时候,狗很吵吧。"

"真是残忍。"

"对人都开得了杀戒的人,对一条狗下手不足挂齿吧。"

"这么说倒是没错。"

这番话说完,高间二人的组长本桥走了过来,对二人说道:"辛苦了。"

与其说本桥是个满头白发的刑警,倒不如说他是个有着学者相的中年人。

"来得真早啊!"高间钦佩地说道。

"我刚刚才来……"本桥说着,打了个哈欠。

据本桥说,目前周围似乎还没有发现凶器。凶器被推定为很薄的刀具,妥当的推测是,凶手已经将其拿走。

此外，北冈明的父母也赶到了这里，对他们的询问已经告一段落。据说，北冈的母亲里子正发疯似的哭闹，暂时还处在不能问话的状态。不过总算是从他父亲久夫那里问到了一些情况：昨天晚上九点左右，北冈明说去森川老师的公寓，之后就再没回来。

"森川是棒球部的领队？"

高间问完，本桥摆出一副出乎意料的表情，说道："你知道得挺多嘛。"

"他是我的高中同学，我也是开阳高中毕业的。"

"嚄，那真是巧。你们现在还有来往吗？"

"以前还经常见面，只是最近有些疏远了。"

"这样正好，你和小野一起去找那位老师问话吧。"

"明白。"高间说着，心里产生了一股复杂的心情。当刑警也已经十年左右了，跟熟人打交道还是头一回，再说森川还是他从小的玩伴。

"对了，被害人身上被取走了什么东西吗？"

"没有，经过他父母的确认，好像没有什么被取走。"

"其他伤口呢？"

"也没有。只是地面上残留着疑似争抢过的痕迹。凶手的模样，目前无从把握。"

说话间，本桥紧锁双眉，露出一副学者模样的表情。

上学时间到了，往来于河堤的学生多了起来。高间和小野混在学生中，朝着开阳高中走去。

"我才知道开阳队的领队是高间前辈的朋友。"小野一边走,一边以钦佩的语气说道。

"选拔赛的时候我正好很忙,没有机会讲这个话题。"

"他把开阳队送进了甲子园,真是了不起啊。可是,接球手北冈这一死,他一定很难受。能完美接住须田投球的接球手应该没有了吧。"

"天才球员须田吗?这个投手真是厉害啊,不过我不怎么清楚。"

"厉害着呢。所谓强速球说的就是他投出的那种球。"

"你很熟悉嘛。"

"棒球可是我的一大爱好。"

"你好像是巨人队的球迷吧?"

"算是吧。今年的看点是巨人队的王贞治能不能拿下三冠王[①]。他今年也是往常的单腿击球打法,状态看上去很不错。问题就出在打击率上,因为有长岛和江藤在。"小野看上去是真的乐在其中。

二人走到学校传达室,交代了要办的事项,等待片刻之后,一个女事务员带他们来到了接待室。这间屋子朝南,光线充足。高间在窗边伫立,眺望着操场。以前还是橄榄球部的成员时,他曾在这块十分喜爱的操场上反复练习抱人截球。操场与他记忆中的样子相比没什么变化,但今天看上去却莫名觉得疏远。

不久,校长来了,是一个姓饭冢的男子。他脑袋秃得很彻底,

[①] 指击球手在整个赛季中,本垒打、打击率、打点排名皆为第一的情况。

鼻子下面蓄的胡须却出奇地浓密。

一个体格健壮、晒得黝黑的男子跟在他后面。男子见了高间，显出一副吃惊的神色。此人便是森川。

一阵冗长的寒暄之后，饭冢提出了希望能列席情况听取会的要求，但高间委婉地回绝了他。

"我们还是想尽量单独问话。如果您在，恐怕会给森川先生的发言造成微妙的影响。"

"这样吗？但我想你们的担心是多余的。"

饭冢似乎还是希望能留下来，但也没有强求，只是对森川说了句"拜托了"，便走出了房间。

高间坐回椅子上，面向森川说："好久不见啊。"

"差不多一年了。"森川答道。他的声音虽低，但足够清晰。"这次的案子由你来办吗？"

"算是吧。"高间缓缓地从西装口袋里掏出了记事本，"发生了这么大的事，你一定很震惊吧？"

"我现在还无法相信。"森川摇着头说道。

"有什么线索吗？"

"完全没有。"

"据北冈明的父母说，他是说要去你的公寓才出门的。"

"应该是的。昨晚十一点左右，他母亲打来电话，问他怎么还没回家……"

"北冈所谓去你那儿，最终去了吗？"

"不，没有来。我也没听他说要来。"

"那就是北冈对家人撒谎了？"

"我觉得没有。北冈时不时会到我公寓来，事先不打招呼的情况也很多。"

这么一来，北冈明遇袭时，应该是在去往森川公寓的路上。

"你住的公寓，好像在樱井町吧？"

"是的。"森川点头道。

北冈明家所在的昭和町位于逢泽川的上游，而樱井町在下游，因此，他应该是走了那条沿河堤的路。

"北冈明昨天晚上为什么非得去你那儿不可呢？"

高间问完，森川思考了半晌，最后还是摇了摇头。"我不知道。他来找我多是为了跟我讨论训练方法、比赛人选之类的事。昨天还真是想不到有什么特殊情况。"

"他平时到访的时间，都是九点到十点这个时间段吗？"

"不，平时来得比这要早，但也有很晚的时候。"

"九点到十点之间，你一直都在你的住处吗？"

"啊，是的。晚上一直都在。"

"如果能证实，那真是帮大忙了。"

虽然高间问话的语气很轻松，森川的脸上却渗出少许紧张的神色。或许是因为他意识到对方在问他的不在场证明，表情才起了这样的变化。

"不……很可惜，那时只有我一个人。"

"这样啊。没关系，只是确认罢了，别在意。"高间还是有意用了轻松的语调。

即便如此，说到底，昨天晚上北冈明的行迹真的就没有半点值得怀疑的地方吗？高间有一种无法释然的感觉。

"他与周围人的关系如何？没有什么特别的问题吗？"

"你是想问，"森川明显表现出不快的神色，"有没有忌恨他的人？"

"也包含这层意思。"高间说道。

森川长叹一声。"北冈那小子很出色。在棒球的球感上是如此，在统率力和指导力等方面也并非等闲之辈。他会依据交流的对象不同而采取不同的态度。虽然大家都说，球队能进甲子园是因为有须田的强速球，但如果北冈不是队长，进甲子园或许还是很难的。不光是在棒球上，北冈在凝聚人心方面也十分出色。那样的人怎么会遭人忌恨呢？"

"明明是好心，却招人忌恨的事也有。被人憎恨是无关人性的。"

森川摆了摆手，似乎要说"跑题了"。

高间却没有抛开这个定论的意思，他认为，表现完美的人有时会出人意料地遭到深深的忌恨。

"棒球部成员里，谁跟他关系最亲密？"高间问道。

"那一定是须田了，"森川立即答道，"能跟北冈对等说话的只有他，他们还是同班同学。"

"我想见见他。"

"应该可以，但不知校长会不会有意见。"

高间向一旁的小野使了个眼色。小野察觉到了，于是走出房间去交涉。室内只剩下这对曾经的橄榄球同伴了。

"我听说你在做棒球领队的时候，真是吃了一惊。"高间一边抽着烟一边说道。

"一开始我并不是很用心。只是到了最近才强烈地感觉到有意思，也值得一做。"

"因为球队打进了甲子园，对吗？"高间吐着烟说道。

"所有人都说，有须田和北冈在，不管谁当领队都能打进去。接下来能在今年夏天的全国大赛上进军甲子园，是我最大的梦想，可是……"森川似乎忽然想起了现实里发生的事，他闭上了嘴，咬着嘴唇。

接下来是一阵沉默。

"她还好吗？"高间的目光从森川身上移开，在烟灰缸中掐灭烟蒂。他本打算尽量做出若无其事的样子，但最终语调还是稍微有了些变化。

"哎？啊……"森川也有些吞吞吐吐，"好着呢。"

"哦。"高间又取出一支香烟衔在嘴里，却没点火，而是一动不动地凝望着窗外的操场。

小野交涉完回来时，时间已经过了十五分钟有余。先是须田武志和北冈明的班主任——一个姓久保寺的男子走了进来，说最好不要做刺激或伤害学生的事情。他似乎十分担心。

高间保证说不会有问题,并希望在向学生问话时,老师能回避。久保寺十分犹豫,但最后还是同意了,和森川一起走出了房间。

几十秒后,传来一阵清脆的敲门声。"请进。"高间应答。门被迅速打开,一个看上去将近一米八、身穿一身学生制服的高个子学生出现在眼前。

一瞬间,这个青年给高间以病态的印象。作为棒球部的成员,他的肤色并不黑。一双眼角细长的眼睛正充着血,显得有些阴暗。此外,高间还觉得他比想象中更成熟。

武志绷紧的身体几乎弯成了直角,开口道:"我是须田。"他一点也没有表现出意气风发的样子,自然地与他的形象贴合了。

高间看着他坐到椅子上。"选拔赛上真是可惜了。"高间舒缓表情对他说道。已经过去的选拔赛,以德岛海南高中获胜而闭幕。"最近状态怎么样?"

"都还行吧,"武志说道,"到昨天为止。"

闻言,高间不由得和一旁的小野对视了一下。武志则面无表情。

高间故意咳嗽了几声,说:"北冈的事真让人难以接受啊。"

"……"

武志或许说了些什么,但高间没有听见。他知道武志放在膝盖上的拳头握得更紧了。

"你有什么线索吗?"

"……"

"有关最近北冈的状态,比如说有什么变化,或者一些引人注意的情况……你能想起些什么吗？"

武志听了，换上一副略微愤怒的表情，移开视线说道："我又不是他恋人，当然不可能连那种细节都观察得出来。"

这是个令人意外的反应。

"但他总是你的搭档吧？按我的想象，比如说他发出的指示会不会反映出当时他的心境呢？"

听着刑警的这番话，武志微微叹了口气。"心境会通过他的指示反映出来，那就完了。"

高间一时间不知如何回答，凝视着面前这个被称作天才的年轻人的眼睛。他的眼睛总让人感觉是在看着另一个完全不同的世界。

问话的策略调整了。

"目前来看，北冈昨天晚上是在去森川老师公寓的途中遇袭的。只是他去老师那里的原因，我们还不明了。关于这个，你知道些什么吧？"

武志面无表情，身子动也不动，摇着头说道："队长和领队说了什么，我无从知晓。或许是要商量练习赛的参赛队员，也可能只是为了决定棒球部活动室大扫除的日程。"反正都是些毫无意义的谈话——从他的话语中可以感受到这层意思。

"他这个队长当得怎么样？"高间试探道。

"干得挺好啊。虽然也有点过分认真。"

"过分认真？"

武志稍微偏了一下头。"他过于尊重每个人的意见了，这样就会没完没了。"

"他跟别人发生过争执吗？"

"好像是有一些吧，可这跟我没什么关系。"

"那最近有没有发生什么事呢？"

"谁知道呢？"对高间的询问，武志只是兴趣全无地答道，"还是去问其他成员比较好。"

高间沉默地看着武志，武志的眼睛也朝向他。但还是老样子，武志的视线似乎聚焦得更远了。

此后，高间又问了其他成员对北冈的评价、北冈在班上的表现等问题，但武志的回答全都是这副样子。当问到除了他，还有谁是北冈的挚友时，武志说他跟北冈也并不是特别要好。

最后，高间问他昨天晚上九点到十点之间在哪里。虽然是尽量无心地发问，武志的神色还是变得有些愤怒。

"与案子有关的人都要被问，"高间宽慰般地说道，"我们也问过森川老师了，他说他在自己家里。"

"我也是在家里。"武志答道。

"跟谁在一起吗？"

"不是。"武志不假思索地答道。高间便没有再问什么。

武志行了个礼，走出了接待室。高间目送着武志的背影，觉得自己漏问了些什么，但也无可奈何。

3

武志被刑警叫去的消息很快传到了勇树的耳朵里。第四节数学课自习时,一个爱多嘴的朋友特地告诉了他。

勇树已经料到武志会被传讯,所以并没有那么吃惊。他觉得同在棒球部又是同班同学,而且还是一组投接球搭档的,或许可供参考的人不会有第二个了。

勇树第一次知道北冈的名字,是在武志进入开阳高中第一周的时候,当时勇树上初中三年级。

那天,勇树一眼就看出回到家的哥哥心情很好。平时喜怒不形于色的武志,居然说起了俏皮话。勇树一问原因,武志便兴高采烈地回答说今天来了一个新的接球手。他难得对弟弟提起棒球的事。

当然,来了一个接球手并不至于让武志这么兴奋。一定是武志判断出这个接球手非常出色,是个能跟他配合得很好的搭档。

这是事出有因的。

在这一周之前,因为武志的加入,开阳高中棒球部忽然爆发出了活力。因为天才须田的名字已在初中棒球界声名远扬。但是大家也都感觉到情况并不是那么乐观:部里没有一个人能够让人满意地接住须田的球。倒不如说,自从担当主接球手的三年级成员转校后,部里就没有一个合格的接球手了。虽然从内外场里选了几个人训练,但要把武志的能力完全发挥出来,到底还是件难事。

那个时候武志的样子,勇树记得很清楚:他步伐沉重地回到家,一言不发地把饭吃完,然后拿起手套和棒球,走到附近的神社独自训练投球。虽然只是对着石造鸟居上捆着的笼子投球,但武志说,这才是能达到训练目的的方法。

这种状态下,曾在一所知名中学当接球手的北冈加入棒球部,对他来说是件无比高兴的事。

此后,须田与北冈的组合成为开阳高中棒球部的一对翅膀。那年夏季的大赛上,历来都是在第一轮比赛中就败退的开阳队,闯进了第三轮;而去年夏季则成功晋级半决赛,接着又在秋季击败了代表全县进军甲子园的学校球队,捧回金星,获得了今年春季的选拔赛出场权。

但这对翅膀的一翼就这样折断了。

一想到哥哥现在的心境,勇树就感到心痛。

午休的时候,刚吃过便当,勇树就向体育馆走去。他知道武志经常会躺在体育馆旁边的樱花树下休息。

勇树过去一看,他果然在那里。只见他横卧在草丛上,左手作枕,右手则握着一只软式网球。这大概是为了增强握力。

勇树走近,武志只是朝他那边瞥了一眼,目光马上又转回天空。勇树一言不发地坐到了武志旁边。才四月份,却已是让人微微冒汗的暖和天气。

"听说你被刑警叫去了？"勇树犹豫地问道。

武志没有马上作答，只是将掌中的网球揉了五六下，才不耐烦地说道："不是什么大不了的事。"

"凶手看来已经查清楚了吧？"

"当然不会这么简单就查清楚。"

"……也是啊。"

勇树很想知道刑警问了他什么，但又不知道怎么开口才好。如果不是什么大不了的事，也就没有必要再说；如果是重要的事，他会尽量隐瞒。哥哥就是这种性格，勇树几年前就明白了。

"北冈学长为什么会被杀呢？"勇树横下心问道。

武志仍然沉默。

"你有线索——"

"没有！"武志语气粗暴地打断道。

勇树感到为难，最后还是作罢，不再追问，咣当一声躺在了武志旁边。还是算了吧，勇树想，大概自己也不怎么喜欢刨根问底，还是一声不吭地躺在一边为好。跟武志这样在一起，勇树能得到一种难以言状的安心感。

"刑警问我，"武志最终还是嘟囔着开了口，"问我的不在场证明。"

"不在场证明？"勇树吃惊地反问道。推理小说的情节浮现在他脑海中。问不在场证明，是在怀疑我哥吗？

"有关的人全都要问，领队好像也被问了。"

"那你是怎么回答的?"

"他们问我昨天晚上九点到十点之间在哪儿,我说在家。其他也没什么可回答的。"

"是啊……九点到十点之间……"我自己在哪儿呢?勇树想。那时候可能是去澡堂了。虽然想着有可能被警察问,但如果真被问到,那就麻烦了,勇树不禁有些担忧起来。

究竟为什么要查问相关人的不在场证明呢?勇树有些窝火。他相信,没有人会因为杀了北冈而得到好处,也没有人恨北冈。

"北冈学长是被脑子不正常的人袭击了,只能这么想了。"勇树断言道。

武志什么也没说,只是反复做着抓握网球的动作。

勇树回到教室,下午看样子还是照常上课,上第五节课的古文老师手冢麻衣子已经到了教室。她穿着黑色裙子配白色衬衫,装束和往常一样。虽说她就快三十岁了,但看上去还是二十出头的样子,皮肤白皙水灵。勇树所在的班全是男生,因此期盼她到来的学生很多。也有几个学生会开过分的玩笑:"两三个人一起放倒她吧。"他们的语气中,总有几分认真的意味。

几个人围着她形成了一个小圈,看上去应该是在谈论杀人案。主导讨论的自然还是近藤。看来能跟心仪的手冢老师说上话让他的脸一直红到了额头,只见他正使出浑身解数极力地在发表着什么见解。

"没有目击者吗?"

她的话里带着一丝认真,让勇树也不禁抬起了脸。

"应该是没有吧,"近藤说道,"再说,要是有人目击了,应该会马上报警吧?"

"所以我问的并不是在案发现场,而是说附近有没有发现可疑的人影。"

"这个嘛,那是警察的事,我总不可能去调查吧。"

接着,近藤又说起在接待室外面碰到的那个刑警,眼神又凶恶又恐怖,以此为开头,话题便转移了。

放学后,报道案件的相关人员和警察的影子基本上都看不到了,沿着河堤的那条路也已经不是早上上学时的样子。勇树经过现场附近时,下了自行车改成推车步行。他没看见近藤所说的变干的血迹,而是看到了用粉笔描出的人形图案。虽然不知道是俯卧还是仰卧,但样子看上去像在高呼万岁。有两个女生看到了图案,悄声说着什么,快步走了过去。

人形图案的旁边,还有一个小得多的图形。这是什么?勇树不断变换角度查看着。这时,附近的草丛里传来一阵窸窣声。他吓了一跳,朝那边看去,只见一个卷起西装衣袖的男子正从河堤半腰附近站起来。那是个宽肩膀的精悍男子。他一只手上拿着记事本,另一只手在上衣和裤子的口袋里不断翻找着什么。

勇树知道他在干什么,便打开书包,从文具盒里取出一支 HB

铅笔,对下方的男子说道:"请用!"

男子好像稍稍吃了一惊,随即笑着从河堤那边走了上来。"谢谢!我的笔怕是在哪儿弄丢了。"男子在本子上记了些什么,归还时看了看勇树的脸,眼睛睁圆了些。"不好意思,请问你叫什么名字?"

"我叫须田勇树,"勇树回答道,"是武志的弟弟。"

男子显出一副不出所料的神色。"原来如此啊,长得真像。"

勇树有些高兴,他喜欢别人说他长得像武志。"您是刑警吗?"他问道。

"嗯,算是吧。"刑警叼起烟,擦了两三下火柴,将烟点上。乳白色的烟雾从勇树的眼前飘过。

"这是什么?"勇树指着脚下的小图形问道。

"是条狗。"刑警回答道,"这是北冈的爱犬,名字好像叫马库斯。听说他很疼爱这条狗,出门的时候经常带着它一起走。这条狗也被杀了,脖颈上被砍了一刀。"刑警用右手做了一个砍头的样子。

"为什么连狗也……"

"不知道,可能是凶手讨厌狗吧。"

勇树抬头看着刑警,心想他是不是在开玩笑,但刑警并没有笑。

"凶手是路过这里的暴徒吗?"勇树试探着问道。

刑警吸了一大口烟,轻轻点了点头。"这个可能性很大。如果考虑这是一起有预谋的犯罪,问题就在于凶手怎么知道北冈会在那个时间经过这条路。这条路到了晚上应该很少有人走,或许把这件事当作是暴徒做的比较合理。只是，北冈身上并没有什么东西被拿走。"

"那就是个脑子不正常的暴徒了。"勇树说道，"绝对无法想象是一个认识北冈学长的人把他杀了。虽然我只是通过我哥知道了一些他的事，但我认为他很出色。不管怎么说，他是我哥信赖的人。如果不是这么彻底的信任，他不会成为我哥的接球手。"

勇树的语气情不自禁地激动起来。刑警吸着烟，饶有兴趣地看着他。勇树有些难为情地低下了头。

"你不打棒球吗？"刑警问道。

勇树稍微犹豫了一会儿，回答说："我没有那个天赋。"

"天赋？只要训练训练，谁都能打得很好。"

"不行。我还是把这份精力放到学习上，力争考上一流大学为好。"

"什么意思？就算是打棒球，也要重视学习啊。"

"所以怎么说呢……我们并没有那种能把棒球当作消遣的高贵身份。我哥打棒球，不是业余爱好，而是把它当作谋生的手段。但是我哥有那种天赋，我却没有。所以我把这份精力放到学习上，考入一流大学、进入一流公司，才是正途。他就是这么对我说的。"

"对你说？谁？"

"我哥。"

那时候的事，勇树还记得一清二楚。那时勇树刚进初中，在读初二的武志已经显露出过人的天赋，开始为初中棒球界所瞩目。勇树崇拜哥哥，也渴望在初中加入棒球部。但当时的武志却用严厉的口吻对他说："你觉得自己棒球打得很好吗？"

"我不觉得，但练练就会好了。"

"不行。仅仅是稍微出众可不行。我将来是要进棒球界，靠这个吃饭的。你呢？你也知道家里有多穷吧？棒球手套很贵，我们家可不是有钱到能把打棒球当消遣的家庭。听着勇树，你脑子很聪明，对吧？用脑子赚钱，这才是第一等好事。你要好好学习，当个大人物。我就当一个职业棒球运动员。我们两个一定要让妈妈过上好日子。"

对于哥哥说的话，勇树不是不明白，但他没有马上认同。经过一段时间的棒球练习旁观，在棒球部开始活动的第一天，勇树还是决定按照哥哥说的去做。

武志的训练量很是骇人，让人不禁要想，那样持续地运转身体他是如何做到的。看来，只能用"并非消遣"这句话来解释了。

武志致力棒球，勇树潜心学问，这样的分工就是在这个时候决定的。从那以后，勇树将几倍于旁人的精力倾注在了学习上。要跟棒球界武志的水平相匹敌，仅付出和常人一样的努力是不够的。

"对我们兄弟来说，棒球和学习都是为将来做准备的一条路，所以带着玩耍的心情是不行的。"

勇树说完，刑警依然将香烟夹在指间，一言不发地看着他。勇树觉得自己怕是多话了。

"都这么晚了，我该走了。在您工作时打扰，真是抱歉。"说着，勇树跨上自行车，猛踩脚踏板，飞快地骑走了。要是武志知道他跟刑警说了这些话，说不定他又要挨一顿训斥。

4

勇树从学校回到家的时候，志摩子正在做服装裁剪，这是她的副业。平时这个时间，她都是在附近的工厂里操作缝纫机或做机织，但今天很早就完工了。

"听说今天出大事了？"志摩子对脱了鞋正准备进来的勇树说。她已经从附近的主妇们那里听说了北冈明的死讯。

"哥说什么了吗？"勇树留意着推拉门那边，压低声音问道。他看见了武志的运动鞋，意识到武志已经回来了，并推测他正在隔壁的房间里躺着。

"没，什么也没说。"志摩子摇了摇头。

武志一回到家，什么也不说就进了里面的房间。

"是吗……学校里来了刑警，听说哥哥被叫去了。"

"被刑警叫去了？真的？"

"我回来的时候，也跟那个刑警说话了。他好像很快就明白我是武志的弟弟了，说我们长得很像。"

"哦。"志摩子收拾起了服装裁剪的工具，打算去做饭。

志摩子在十九岁时和须田正树结了婚。正树比她大七岁，在一家小电气工程公司上班。双方都没有亲人，在一间小小的出租屋里开始了生活。虽然不能指望过得多奢侈，但日子每一天都很充实。

在他们结婚第七年的秋天，正在家中等待丈夫归来的志摩子接到了噩耗。来报信的公司人员秉公宣告了不幸的消息。这是一起触电事故，据说正树碰到了带电的电容器。报信的人说，当时已经无可挽回了。

志摩子拉着只有五岁和六岁的两个儿子跑向医院，途中泪流满面，几度失声呜咽。

到达医院的时候，正树的脸已经被蒙上了白布单。志摩子一边喊着丈夫的名字，一边紧靠着他哭泣。懵懂的勇树看着母亲的样子也哭了起来，把护士的眼泪也感染出来了。武志没有哭，而是握紧拳头站在那里。

从那以后，志摩子的生活一改从前。为了两个儿子，她必须发疯似的拼命干活。而两个儿子也从没有奢望过什么。二人读小学的时候，志摩子给了武志棒球手套和棒球，给了勇树百科辞典，仅此而已。二人要考高中的时候，她本想让武志进棒球名校，让勇树进升学率高的学校，但最后二人选的都是本地的高中。这自然是他们主动提出来的。

"虽说是刑警，可比我想象的要朴素多了。不过目光很锐利，可能是因为工作的关系才变成那样的吧。"

勇树说话时，推拉门被唰地拉开了。武志背对因没有开灯而一片黑暗的房间，俯视着勇树和志摩子。

"刑警问你什么了？"武志声音低沉地问道。

"也没问什么，我对北冈学长又不熟悉……跟刑警碰面也只是偶然。"勇树把刑警弄丢了笔，自己便把铅笔借给他一事告诉了武志。

"是吗。"武志小声低语，走了过来。

"不过我倒是听到了一件耐人寻味的事。北冈学长的尸体旁好像还有一具狗的尸体。可是为什么连狗也被杀了？凶手怎么知道北冈学长那个时候会经过那条路？总之谜团很多。"

"嗯，这不是明摆着嘛。凶手这里有问题。"武志用食指点着太阳穴说道。

"正好这段时间不是发生了类似的案件吗？刺伤美国人的那家伙……这就跟那件事一样。"

上个月二十四日，美国大使赖肖尔遇刺。凶手是个十九岁的少年，据说他犯下罪行是因为他认为美国的占领政策导致他生活困苦。这个少年曾经因精神病接受过治疗。

"北冈也好，狗也好，都是不走运。"

"嗯，刑警也说这种可能性很大。"

"也许吧。"武志点了点下头，看着勇树说道，"接下来的事，警方无论如何都会解决的。跟你完全没关系，你就别再插手了。"

"我知道了。"

"对你来说，可没有这个闲工夫。"武志说完便站起身，走到玄关开始穿运动鞋，"我去跑跑步。"

"再过半个小时就开饭了。"志摩子朝着他的背影说道。

武志点点头，跑出了房门，留下了轻轻的脚步声。

5

发现尸体后的第四天，高间在小野的陪同下拜访了北冈明的家。虽然这段时间里，走访和侦查上都投入了很大的精力，但还是没能得到有效的线索。有关北冈明的人际关系也已经彻底调查过，同样没有什么特别值得注意的地方。

"怎么也摸不清凶手是个什么样的人啊。"去北冈家的途中，小野低着头小声说道，"先杀了狗，然后把狗的主人也杀了——你不觉得这怎么想都不对劲吗？"

"不知道。那时候究竟是怎样的状况，还搞不清楚。"高间慎重地回答道，但和小野一样，也是一副满是疑惑的样子。

解剖结果表明，有关死因和死亡时间等的推定并没有太大改变，但有一件奇怪的事情弄清楚了：从北冈明的伤口上检测出了爱犬马库斯的血，马库斯的伤口上却没有北冈明的血。也就是说，凶手先是杀了马库斯，然后用同一把刀刺向了北冈明。

为什么凶手要先杀马库斯？难道凶手真是一个疯子，拿着凶器到处乱捅吗?

两个刑警漫无头绪地思考着,不知不觉间走到了北冈家门前。这里是昭和町的一片住宅区,房屋都较大,北冈家就在其中。高间抬头看着这栋两层小楼,按下门铃。

出来应答的是北冈的母亲里子。她是个身材矮小、面容秀雅的女子。事发当天她来到警察局的时候,高间瞥见过她一眼,跟那时候相比,她似乎瘦了几分,但气色恢复得很好。

高间在佛龛前上过线香,双手合十后面朝里子坐了下来。

"请问……之后有什么眉目了吗?"端坐的里子投来试探般的目光。她应该是在问调查的进展情况。

"我们正全力以赴进行调查,应该不久就会找到线索。"

连自己听来也觉得瞒不过人,但高间除了这样说,别无他法。里子明显露出了失望的神色,叹起气来。

"其实,我们今天来是想问您能不能让我们看看北冈明的房间。"高间温和地提出了请求,"案发后,您整理过他的房间吗?"

"没有,所有东西都是那个时候的样子。请便吧。"说完,里子站了起来。

北冈明的房间朝东,四叠①半大小,除了桌子和书架别无他物,毫无情趣可言。墙上贴着南海队接球手野村的照片和在选拔赛上出场的纪念照。

---

①日本计量房屋面积的单位,1叠约为1.62平方米。

桌子上摊开着一本日本史教科书。高间拿起书看了看，上面到处都用红铅笔画了线：一五六〇年桶狭间之战，一五七五年长筱合战，还有一五八二年本能寺之变。这一页中的题目是"织田信长的统一大业"。

"看来他是个很爱学习的人啊。"在一旁探头看着的小野说道。

高间点了点头。从书页的磨损状况来看，这话并非恭维，而是出自真心。

"他当时说马上就要历史考试了，那天七点左右回的家，好像吃过饭立刻就开始学习了。"

"就是说从七点回家到九点出门，这段时间北冈明一直在家？"

"是的，没错。"

"这段时间也没有谁来拜访过或者来过电话，对吧？"

"是的。"里子毫不迟疑地回答。

这个问题被反复问过好几次，但每当这个时候，里子的回答都会变得很干脆。而越是干脆也就越是难办，这一点高间是明白的。

"回家之后，他的样子没有什么奇怪的地方吗？"

这应该也是一个被反复提到的问题。但里子没有立即回答，而是用手掩住口，似乎在努力回想什么。

接着是长时间的沉默。高间思考着北冈明被暴徒所害的可能性。如果真是这样，她想不起什么也并不为怪，而侦查员们的意见也开始倾向于暴徒一说。

"没有奇怪的表现。"最终，她还是缓缓开口了。高间怀着某种预感看着她。"我还记得他说过那天晚上不去训练了。"

"训练?"

"进了这个月,他吃过晚饭后出门的情况变多了。问了他,他回答说是去训练。因为不是每天都去,所以即便是说了不去,我也没有特别留心。"

"那天他没有要出门去训练的样子吗?"

"是的,可能是因为考试临近了吧。"

也可能是打算去森川家的缘故,高间思忖着。"您刚才说训练,他是去哪儿训练?练些什么呢?"

"这……他好像是往石崎神社的方向去的,详细的情况……"里子露出为难的表情,手掌扶着脸颊,似乎为自己没能把握住儿子的动向而羞愧。

石崎神社是座古老的神社,就在从这里往南步行约十五分钟的地方。

高间想起了须田武志。他想,如果能碰上武志,或许就能弄明白些什么。说不定所谓的训练,就是在这两个人之间进行的。

高间得到里子的许可,开始清点桌子里的东西。除了指南针、量角器和刻度尺之类的文具,还收纳着大量用糙纸印刷的打印件。北冈明的性格在这里反映了出来,这些东西全都被整齐地放在一起。

"学生真是不容易啊。"不久前也还是个学生的小野钦佩地说道。

高间的目光投向书架。除了学校的学习用书之外,还摆了好几本跟棒球相关的书,此外也有小说和随笔,这表明北冈明是个有修养的人。高间从这些书中抽出了很惹眼的一本,书名为《爱犬者之书》,是厚度两厘米左右的精装书。这本书看样子被熟读过多次,从手触摸后留下的污痕的状况便可察觉出来。

"他是个很爱狗的孩子。"里子沉痛地说道。或许这又让她内心的悲伤复苏了,她捂住眼角。"死去的马库斯是那孩子上小学时买的狗。从它还是幼犬开始,一切都由那孩子来照顾,去哪儿都要带着它……刚才我说的训练,他也带了狗去。"

"这样啊。"既然这么疼爱那条狗,死去时也一起做伴或许是件好事,高间想。

把书放回去的时候,一旁的相册映入了高间的眼中。他抽出来一看,出乎意料的干净,几乎没有灰尘,或许是经常被取出来看的缘故。

相册中一开始是北冈明婴儿时期的照片,然后是一张他背着书包的照片,下面写着"小学入学典礼"。紧接着,身穿纯白制服的北冈明出现在眼前,下面标示着"加入少年棒球联盟"。然后,穿立领校服的北冈明出现了。从这个时候开始的照片,大部分都跟棒球有关:做出握棒姿势的北冈明、戴着护胸的北冈明……

从某一张照片开始,北冈明突然就有了大人的样子,这时的他已经是高中生了。那是在棒球部活动室的前面与须田武志一起照的,下面写着"跟须田武志成为搭档,感慨万千"。

再往后,又出现了很多集训和比赛的照片。而班级的照片等只是勉强夹在这些照片之中。接着,上面贴了一张获得甲子园出场资格的剪报。

最新的一页是一张全体队员列队在甲子园的长椅前留下的照片。高间看着下面的说明。

咦?

高间指着那个地方给里子看。"这是什么意思?"

里子看了一眼,马上坚决地摇了摇头。"不知道,毕竟我也不是很懂棒球。"

高间又看了一眼那句说明。难道真有什么深刻的含义吗?虽然跟案件的关系完全不明了,他还是在记事本中记下了那句话。

"真是句令人在意的话。"小野也盯着照片,说出了想法。

在那张照片下面,写着这样一句话:"很遗憾第一轮就被淘汰了,我看到了魔球。"

看到了魔球……

高间抬头看着墙壁上贴的照片。须田武志略显阴暗的眼睛,不知为何给他留下了不同寻常的印象。

证言

1

因为很在意活动室特有的汗馊味，田岛恭平双臂环抱站在了房间的一角。三垒手佐藤两手插进裤兜里，靠在了衣帽柜上。一垒手宫本坐在椅子上，中外场手直井则盘腿坐在桌子上，剪着指甲。似乎大家都有意不想跟别人的目光碰上，要么各自盯着墙壁，要么闭着眼。这样一来，空气更加凝重了几分。

"只剩下泽本了吧。"田岛开口道。

泽本是外场手兼替补接球手，只要他一来，棒球部除了须田武志以外的三年级队员就全都到齐了。

"那家伙总是很磨蹭。"为了和缓气氛，田岛继续说道。可是谁也没回应。他没了主意，只好再次缄口。

"我还是反对。"宫本突然说道，"如果是别的，换谁无所谓。"

"我跟宫本意见一致。"佐藤接茬道，"自从北冈当了队长，我们是变强了。但也正因为这样,我们做出了很多牺牲,这也是事实。最大的牺牲是,我们不能痛快地玩棒球了。我是为了享受安打时那种畅快的感觉才开始打棒球的,我加入棒球部并不是因为欲望没得到满足。"

"就是嘛。"宫本附和道,"我们只是想随自己喜欢去击球,随自己喜欢去守垒。他确实很不错,可是每当我们干些什么,他就揪着细节喋喋不休。就像佐藤说的,欲望没得到满足。本来我也没想当个职业运动员,只想按自己的方式打。因为受到他的影响,最近连领队都变得啰唆了。"

"可是,我们正是因为他才打进甲子园的,不是吗?"田岛反驳道。

"话是这么说……"宫本哑口无言了。

直井用锉刀磨着指甲,呼的一声向指尖吹了口气,小声说道:"我就算没能去甲子园也没什么大不了的。"

田岛吃惊地看着他,另外两个人却似乎不认为他说了什么意想不到的话。佐藤他们点了点头。

"我们真的进过甲子园吗?"直井对着田岛问道。

田岛不明白他的意思,闭口不语。

"进了甲子园的不是只有北冈和须田两个人吗?"直井说道,"除了那两个人,其他在场的人就算不是我们也没关系,穿上球衣谁都可以。本来就没什么可期待的。我们只是被那两个人带着去了趟甲子园,哪儿有什么感激可言。"他仍看着田岛,"你也根本没高兴过吧？总之，绝对没你出场的份。"

"……"

田岛是替补投手，既然王牌投手是须田武志，直井所说的情况就无法否定。实际上，在公开的比赛中，田岛一次投球的机会都没有过。他不可能充当武志的替补，开阳队的击球阵容也没有那样的得分能力，以至让他出场也能轻易取胜。而事实上，在甲子园里他也没有投过球。他只登上过一次投手板，那是在第九局遇到了困境，他跑去传达指令的时候。

但即便如此，当出场甲子园的事情确定下来时，田岛还是打心底里觉得高兴。虽然知道没有出场的份，但他是因为想到自己是队里的一员，才觉得很骄傲。那样的心情到现在也没变过，即便作为传令员的使命早已完成。

可是现在，在这里，他却不能说这些，否则一定会招来直井他们嘲笑和哀怜的目光。

"那个时候也是这样，"佐藤说道，"我们败给大阪亚细亚学园队的时候。当时的领队传令说让他们横下心给对方击球，可他们两个人无视命令，根本就不相信后防。"

田岛吃惊地看着佐藤。佐藤似乎已经完全忘记了他曾在关键时刻犯下过错误。

"总之要以此为契机，改变我们部的方针。就目前来说，首先，有关须田当队长一事，应该有三个人是反对的。"

宫本站了起来，胡乱挠着自己的光头。"以此为契机"的意思看来指的是北冈的死。

此时是北冈明死后第五天放学之后。本来要集合在一起讨论今后的事情，但一开始直井提出的就是队长由谁来当这个问题。"这种事情，不必急着决定。"田岛拒绝讨论这个话题。宫本马上激动地抗议道："如果不尽早决定，须田肯定要摆出一副队长的神气，不是吗？"

于是，一场不愉快的会面开始了。

终于，迟到的泽本带着一张胆怯的脸出现了。佐藤仍靠在衣帽柜旁，向他说明了此前谈话的概要。泽本小心翼翼地拿着一个黑皮包，听佐藤说话。

"你是怎么想的？"宫本问他。

泽本承受着四个人的视线，虽然稍稍缩着身子，但还是明确地说道："我希望痛快地打棒球。我不是运动神经很好的人，为了增强体力才加入棒球部的。而且我一直听说开阳高中的体育社团无论哪个都没有很严格的训练……但是因为要以甲子园为目标之类的事，从去年春天开始，训练突然就变严格了。自从北冈当了队长，每天都累死累活地苦苦训练……我们学校是升学率高的学校，所以我觉得不该为了进甲子园，把学习的时间削减了。"

"我有同感。"佐藤做出鼓掌的样子。

"而且……"泽本继续说道。平时话不多的他，这样的发言真是少见。或许正是因为他心里抱有强烈的不满。田岛有种被严重孤立的感觉。

"而且北冈还拿我们跟须田比,说得很明了,说什么既然都是人,须田能做到的,其他人也应该能。这不是开玩笑嘛。须田可是以职业运动员为目标的人。"

"说什么如果现在行动就一定能做到,这话的水平跟小学老师说的一样。"宫本在一旁帮腔道。

"我也这么觉得,可北冈没想过这个。所以他瞧不起我们,把我们当作无关紧要又无能的人。"

"不,不会的,他不是那种瞧不起别人的人。"

对于田岛的反驳,泽本摇了好几下头。"田岛你只是不知道罢了。还是上周的事了,北冈就在这里,一个人考虑比赛出场人选。那时候我正好进来了,过了一会儿,北冈就冷笑着对我说:'怎么样,泽本?下次的比赛你和田岛做投接搭档出场试试吧?'我吃了一惊。他接着笑着说:'我开玩笑的。'他要是真想让我上场,那才奇怪呢。那时候我可着实动怒了。"

"所以说,他就是这样的人。"直井语气冷淡地说道。

不,他并没有恶意——田岛本想把这句话说出口,但话到嘴边又咽了回去。这么说只会让他们嘲笑自己"幼稚"。

"总之,就这么定了。"直井从桌子上一跃而下,"队长不能是须田。当选方针是:队长做出的编队能让全体成员享受乐趣。选举的方向就是:大家的棒球,我们不需要明星。"

"嗯,我们不需要明星!"佐藤用力点了点头。

"赞成。"宫本也效仿他。

田岛无法同意。什么"大家的棒球"！他想，到头来不过是他们相互串通，只想回到半吊子的状态罢了。

"决定了，这是多数意见，你也没有异议吧？"直井瞪着田岛说道，另外三个人的眼睛也转向了他。

锐利的目光之下，田岛感到了焦心的不安和可悲。他含糊地点了一下头。

2

距发现尸体过了六天，星期四，一个侦查员得到了一条重要信息。这个侦查员到森川位于樱井町的公寓附近打听情况。那里出现了一个称在事发当晚见过北冈的人。

目击者是每星期四来这边学弹三味线的主妇。她平时都是白天来学习——侦查员打听情况的时候正是白天，她只有上周是晚上才来。她称那晚要回家时，看见了北冈明，时间是十点左右。她家就在北冈家附近，因此她认得北冈，但二人之间并没有说过什么话。她自然也知道北冈的案子，但没有注意到目击被害人一事的重要性，只是和一起学弹三味线的几个人聊了聊这件事。而她同伴的话传到了侦查员的耳朵里。

这个信息让搜查本部为之震动。至今为止的推测，都是北冈明是在去往森川住所的途中遇袭的，但既然有人在森川家周围见到过北冈，那他被杀就应该是在从彼处回来的时候。

这天晚上，高间和小野便去了森川家。案发当晚森川一直在家，那就证明北冈并没有到访他家。都已经走到森川住的公寓附近，北冈为什么又折返了呢？

高间怀着厌恶的情绪走上了这栋两层公寓的楼梯，因为侦查员之中也有人提出意见，质疑森川老师说了谎。

刚敲过门，里面立即有了回应，接着森川的脸探了出来。见到高间二人，他似乎有些紧张。

"我有话要问你。"高间一直看着森川的眼睛，"现在方便吗？"

"啊，方便。只是这里乱七八糟的。"

虽然森川这么说，实际上屋子里清扫得很干净。进门的地方附设厨房，四叠半大小，里面还有间三叠大的房间。厨房的餐具整洁地收在了架子上，单身男子住处特有的脏衣服在这里也很少。高间一边快速地确认这些情况，一边在森川让给他的坐垫上坐了下来。这个坐垫的套子感觉也是用清洗剂洗过的。

高间从事发当晚北冈明可能曾到达附近一事说起。森川避开了高间的目光。"是吗？"他皱起了眉头。

"坦白地说，甚至开始有怀疑你的声音了。他们说，'北冈明没来这里'是一句谎话。"

"不，那是真的。请相信我。"说完，森川抬起了眼睛。

"我当然是想相信了。"高间又环视了一下房间，他明白森川对他这样的视线很在意。"你说那天晚上你一直都在家，对吗？"

森川无言地点了点头。

"一直都是一个人吗？"

一时间森川并未答话，他眼中浮现着迷茫。

"不是吗？"高间将不快表现得很明显。

森川艰难地摇摇头，说："我不是存心要撒谎的。"

"但真实的情况你却不想说出来，对吗？"

"对不起。"森川咬住嘴唇。

高间深呼吸了一下。"是她来了吗？"

"是的。"

"经常来吗？"

"偶尔……大概一个星期来一次。但那天晚上之后就没再来了。"

"等、等等，高间。"一旁做笔录的小野慌慌张张拉地扯着高间的衣袖。似乎是因为他们不停地说着一些小野听不明白的话，所以他才慌张了起来。"这究竟是怎么回事？这个'她'是谁啊？"

高间朝小野微微斜过视线，而森川则是直接朝他看去。

"一个叫手冢麻衣子的女人，她是开阳高中的老师。"

"是语文老师。"森川补充道。

小野匆忙在记事本上记录着，写到中途忽然又停下了手，抬起头来。"可为什么高间前辈知道呢？"

"这个嘛，一时间说不清啊。"

高间说完，片刻间，小野显出不能完全理解的表情，但只说了句"这样啊"，便又打开了本子。他似乎觉得还是不要太深究为好。

"她是几点来的？"高间向森川问道。

"应该是七点左右。平时她基本上都是这个时候来。"

"回去呢？"

"十点左右吧。"

真是微妙的时间啊，高间想。手冢麻衣子回去的时候是十点左右，而北冈明被目击也是十点左右，他被杀则是在这之后。

"北冈可能到了门口。"听森川的声音，他似乎正再三思考着。"或许他知道她来了，便折返了。"

这个情况高间也在考虑。"北冈明知道你跟她之间的事吗？"

"棒球部的人好像都察觉到了。"

"是吗……可惜这个情况没有早点听到，不然也会给侦查工作带来便利的。"

"对不起了。她时不时会到这里来的事，我当时并不想说出来。这小地方，稍微走漏风声就会有流言蜚语，而且……"

森川欲言又止，最后还是没有把后半句说完。但高间已经明白了。负责此事的侦查员是高间，森川因而愈加难以说出口了。

高间和小野将要回去的时候，森川在玄关说道："这件事请向学校和媒体保密。如果被知道了，我们其中一人就必须得离开这里。"

"我知道。"高间用眼神示意理解，心中飘过一丝奇妙的优越感。

"接下来……你们会去找她，对吧？"

"恐怕是的。"高间说道，"这是我们的工作。"

"虽然我说这些会有些奇怪，但请充分考虑到她的心情。自从那件事以来,她一直非常失落。或许她一直认定北冈被杀,就是因为她来了这里。"

"她知道北冈来过附近吗?"

"可能知道,但我没有什么根据。"说到这里,森川又愁苦地皱起了眉。

高间是在两年前的冬天认识手冢麻衣子的。她是高间读警校时的一个朋友的妹妹。当时她不在开阳高中,而是在另一所高中工作,与她哥哥相依为命。

她并不浮华,给人睿智而又整洁的印象,让高间有了好感。"她已经年纪不小了。"朋友这样对高间说过,但在高间眼里,她看上去总是年轻五岁。她说话的时候也让人感觉到知性,令人愉快。

高间被她吸引住了,却下不了决心向她提出交往的请求。那是因为他从她哥哥口中得知,她非常讨厌刑警这一职业。即便如此,他还是会时不时以跟朋友喝酒为借口到他们家去玩。一来二去之中,高间似乎能感觉到她也对自己抱有好感,并已经察觉到了他的心意。等再过些时间——高间这样考虑着求婚的时日。

不久,麻衣子决定换工作,去处是高间的母校开阳高中。高间当即说:"我有个朋友在开阳高中当老师,下次介绍给你。"

麻衣子显得很高兴。"啊,太好了。去一个完全陌生的地方,我真是很不安呢。"

"她呀,还是个孩子呢。"说着,她哥哥笑了。

高间介绍给她的人便是森川。森川是高间读高中时交到的朋友，高间知道他性格不错，觉得他很适合做麻衣子平时聊天的对象。

那年夏天，发生了一件对高间与麻衣子来说非常严重的事。麻衣子的哥哥死了，是在酒吧被一个游手好闲的无赖捅死的。那天他并不当班，听说当时他看到一个小职员被无赖纠缠，便上前相助。凶手不久就被逮捕了。

麻衣子只是偶尔哭泣流泪，就这样淡漠地为哥哥守完夜，办了葬礼。高间和森川那时也和她在一起，对她哥哥的死几乎只字不提。因为很明显，她在有意回避这个话题。

自那以后过了半年左右，森川去见了高间。他一脸烦恼的样子，向高间说他想向麻衣子求婚。

高间十分惊讶，因为森川察觉了他的心思。

"我知道你也喜欢她。"森川说道，"所以我才这样先向你打个招呼。因为如果没有经过你的许可，以后会感觉不光彩。"

高间点点头，约森川去喝酒。事实上，高间觉得这样再好不过了。只要他还是个刑警，向她求婚就是不可能的。

"我很感激你，"森川说道，"让我遇见了她。"

"别说什么感激了。"高间回应道，"这反倒让我生气。"

那天，他们从晚上喝到了天明。

听说麻衣子答应了森川的求婚，但并不是马上就结婚。现在要拼命地工作，希望等到对教育这件事稍微有些信心了再结婚——她似乎是这么说的。

此后差不多过了一年,那段时间,高间自然没有再见她。

离开了森川家后,高间让小野先回警察局,他坐出租车准备前往手冢麻衣子家。小野似乎察觉到了什么,但没有多问。

手冢麻衣子的住所位于昭和町的最南端。一条旧宅并列的街道中,好几栋同样外形的木造住宅排在一起,其中一栋便被他们兄妹——现在是她一个人——租住着。高间努力不让自己多想,敲响了玄关处的门。

看见高间,麻衣子惊讶得张开了嘴。在她说话之前,高间已经亮出了警察手册。

"我想问你一些事情。"

"关于北冈的吗?"她问道。

高间回答说:"是的"。

她引高间来到里屋。高间支起矮桌,面向她。这是间六叠大的房间,角落有张小桌子,放有她亡兄照片的相框挂在桌子上方。

"我去了森川那里。"高间果敢地例行公事般开了口,"事发当晚,他说你去了他那里,这是真的吗?"

"是的。"麻衣子垂下眼帘。

"从几点到几点?"

"应该是从七点……到十点出头。"

这与森川说的一致。

"据他……据森川说,你最近的表现有些奇怪。"

麻衣子抬起了头,但一看到高间的眼睛,视线马上又低垂了下去。

"根据调查的结果,我们认为北冈是到了森川家的门口,再折返回去的。"看着她的脸颊稍稍抽动,高间接着说:"你知道这个情况,对吗?"

麻衣子低着头,一语不发。似乎被森川说中了,高间想。

过了一会儿,她才答道:"是的。"是什么让她如此迷惘,高间并不明白。

"你怎么知道北冈去了那里?"

"因为……那天,我看见了。"

"看见了?北冈吗?"

"是的,"她缩着下巴,"那天晚上我从他家骑车返回的路上,北冈正走在河堤上,我从后面超过了他。如果他是在去往森川家的途中,应该朝与我相反的方向走。听说那件事的时候,我才明白过来,北冈是因为知道我在他那里,才折返的。"

原来如此,高间暗想。麻衣子没有将此事告知警方,或许是怕她和森川之间的事暴露,所以才保持沉默。

"你和北冈说了什么吗?"

"没有。他可能也认不出我,因为我当时戴着口罩,帽子扣得很低。"

高间推测这可能是她出于不想让熟人发现的顾虑。而在那么黑的路上通行,应该也正是为此。

"你大概是在哪儿赶上北冈的?"

"是在刚走过开阳高中没多远的地方。"

案发现场距离那里有两百多米,那么麻衣子是在北冈即将遇袭之前看到他的。高间的心跳加速了。

"那个时候的北冈是什么模样?"

"没什么特别奇怪的地方……我只是瞥了他一眼。"

"是还有条狗吗?"

"嗯,他带着的。"

"你追上北冈前后,有没有看见其他人?"

麻衣子动了动嘴唇,但马上又闭上了。经过一段很长时间的沉默,她才答道:"看见了。"

"果然。"高间呼出了蓄积已久的一口气,"大概在哪儿?"

"在我追上北冈之后,再稍微走一段路的地方。当时有个人迎面走来。"

"是个男的吗?"

"是,是男的。"她明确地答道。

"他的体形是什么样的?"

"我记得他很高。但我当时骑着自行车,所以看得不是很清楚。"

"衣服和脸形还记得吗?"

"不记得了。"她说着,搓起了双手,"太暗了,没有看得很清楚。经过北冈身边的时候光线比较好。"

"太暗?你没有打开车灯吗?"高间看着麻衣子的眼睛问道。

"嗯,要是开了车灯,一定能看到对方的脸。但那时我没有开。"

她接着补充道，"因为如果开了，我怕我的脸也会被对方看到。"

"这样啊……"高间感受着这压抑的气氛，把她的话记到了本子上。

谈话告一段落，麻衣子站起身来，说去沏茶。高间婉拒，但她还是往厨房走去。

喝着麻衣子沏的茶，高间的心情也舒畅了几分。于是他横下心来问道："你和森川什么时候结婚？"

麻衣子沉默地盯了茶碗一会儿，说："还不知道。"

接着又继续起刚才的沉默。六叠大的房间里，两个人啜饮的声音几度反复。

3

在新队长的指导下，第一次训练开始了。宫本被选为新任队长。至于宫本为什么当选，田岛并不知晓。他刚刚听说这个消息。

宫本在整齐列队的棒球部成员前致辞，一二年级的学生明显感到困惑。他们一定坚信新队长将会是武志。

田岛低着头，斜视着一旁的武志。武志一副对新队长的致辞毫无兴趣的样子，面无表情地踢着操场上的土。刚才从佐藤和直井他们那里听说宫本被指定为新队长时，他也是类似的反应。他目光冷冰冰的，只说了一句"是吗"。佐藤等人预想他会反对，都已经做好准备了,结果扫兴一场。

支撑了棒球部两年多的这个男生,如今却遭到排挤,但他本人似乎什么也没有感觉到。

宫本致辞后,大家和平时一样开始了慢跑,然后两人一组做柔软体操。田岛有意识地与武志组成了一组。刚绕着操场跑了好几圈,武志的呼吸却一点不乱。真是一如往常的厉害,田岛心下钦佩。

"宫本当队长这件事,你是反对的吧?"田岛一边压住武志的背,一边小声说道。

武志的身体柔韧,即便双腿张开一百二十度角,胸部还是能完全贴在地面上。因为根本不用怎么压武志的背,田岛甚至觉得自己有些多余。

田岛接着说:"宫本他们不满北冈的做法,可能要大改方针了。这样一来,你也不好办了,不是吗?"

武志闭着眼睛,身体朝下压的方向前倾。"什么也没变啊。"他毫无感情地说道。

"是嘛,为什么?"田岛问道。但武志没有回答。

轮到田岛做柔软体操了。他的身体比较僵硬,很不擅长这个。张开腿被压住后背,他感到大腿内侧一阵阵麻木的痛感闪来闪去。

武志压住他僵硬的身子,小声说道:"不是什么都没变吗?这里的人只会等,他们想只要等着,总会有得分的时候。他们等着对方的投手投出一个松懈的球,等着对方出现失误,等着对方去击球。到头来,再等着己方的投手不让对方的击球手阵容得到一分。这样的队员还能做出什么改变?变的只有一个地方,就是我们不会再赢了。"

田岛皱起眉头,弯着身子听他说话,心想武志大概从没有等过什么吧。

击球练习开始,手握球棒的是宫本。在田岛的记忆中,北冈的击球是绝妙的,而宫本根本称不上在行。他本人应该也注意到了这一点,似乎下了很多功夫,但无论如何都练不好,只得再三摇头。

田岛准备开始做投球练习时,泽本想与他搭档,便走了过来。没有了北冈,现在泽本成了主接球手,自然就必须接武志投出的球了。田岛表达出这个意思后,泽本显出几分别扭的神色。

"让我当他的搭档可办不到。"

"可我是替补投手,当然不能取代主接球手的位子。"

于是田岛把事情原委告诉了宫本。宫本明显露出一副厌恶的表情。或许这是他最不想关心的问题了。

"算了,泽本现在还没被指定为主接球手。这件事还是以后慢慢考虑,今天照先前的样子练习。"

"那须田他……"田岛刚开个头,宫本便像听不见了一样,又开始击球。

田岛无可奈何,只好回去。返回的同时,他也明白了武志说的意思。这就是所谓的"只会等"了。他们只是等着,等着棘手的问题总会有个了结。

武志一副对这些全不在意的样子，与二年级的接球手搭档，开始远投练习。那个二年级成员的态度正相反，似乎完全没有等着周围的人来当主接球手的心思。

田岛放下此事，开始了投球练习。无法消除的内疚感让他缩起了手臂，根本不能让球按照自己的想法运动。

武志专心投了几十个球后，大家看见他走到了操场外面。田岛用目光追着他，发现手冢麻衣子正在前方等着他。他与麻衣子说了几句话，转向这边招了招手。于是田岛也跑了过去。

"不好意思，打扰你们训练了。"麻衣子说道。

一如既往有诱惑力的声音啊，田岛想。她向二人递出了两个纸袋。田岛朝里面看了一眼，纸袋里装着好几块大福饼。

"这是犒劳哦。"麻衣子笑道。

田岛和武志低头言谢。

她快速扫了一眼四周，稍带犹豫地问道："森川老师不在吗？"

"听说他今天有点事……"田岛略显木讷地答道。

这是因为最近有关她与森川的事已经有了传言，说两个人的关系与北冈被杀有关，因此他们才被警方调查。

麻衣子有些遗憾地悄声说了句："这样啊。"

"您找领队有什么事？"

"嗯……其实，因为北冈的事，我被警察问了话。关于这件事，有些……"

她似乎已经知道了传言，话里连隐瞒的意思都没有。田岛反倒困惑着不知该怎么回答好了。

"刑警问了您什么？"

刚才还一直沉默的武志毫无顾忌地问出了口。田岛责备般地看着他，麻衣子看上去却并没有感到不快。

"也对，这是你们朋友的事。"

以此为开端，她向二人说开了，称她那天因为有事去了森川的公寓一趟，回来的时候看见了一个疑似凶手的男子。田岛虽然明白"有事"是什么意思，但自然还是装作不明白的表情听着。

"这么说，老师看见凶手的面目了？"田岛兴奋地问道。

麻衣子却是一副遗憾的表情。"因为自行车的灯没有开，太暗了没能看清。"

"没有开车灯就……您骑着车一直没开灯吗？"武志半带语塞地向她确认。

"是的。如果当时开着灯，我一定能看见对方的脸。警察也明确地这么说了。"麻衣子微笑着看了看武志和田岛，"我找他就是为了这件事。你们快回去训练吧，宫本和佐藤正盯着这边呢，怪吓人的。"

田岛听了回头一看，那两个人正面色惊异地看着这边。

"那……再见。"麻衣子摆摆手，便走了。

田岛和武志拿着纸袋折返。因为武志随即回到了练习中，就只由田岛说了犒劳品的事。

"哼，是来见男朋友的吧。"佐藤令人厌恶的笑容浮起在唇间。

田岛有意无视他的嘴脸,看向宫本。"比起这个来,须田不能充分地练习才是头疼的事。不管怎么说,他可是我们的王牌投手。"

只要说话的语气稍微强硬些,宫本便没词了。然而佐藤马上在一旁开腔了:"没关系的,须田在搞秘密训练。"

"秘密训练?"

"嗯,我见过他在神社里面练习。有一天晚上下着雪,四周静悄悄的,神社里面传来棒球飞进手套的声音,亏他还有心情啊。"佐藤挖苦般地说道。

这样吗?田岛看着武志,心想他大概会这么做。

"再说了,"佐藤用轻蔑的目光朝上面看了一眼,"那家伙不是公认的王牌投手嘛。对我们来说,就只有靠田岛你争气了。"

田岛没有理会佐藤的诮笑,缓步走开了。现在他已经没有反驳的心情。开阳高中棒球部的全盛期以北冈的死宣告结束。

田岛归位的时候,武志正朝半扎马步的二年级接球手投球。他似乎被什么东西附了身,全力地投球,以至于新的接球手几度一屁股摔倒在地。

4

手冢麻衣子的证言很关键,却并没有使侦查工作得到进展。凶手是一名男子,看样子应该是从昭和町方向来的,但仅凭这些并不能锁定嫌疑人。对现场周围的调查正在持续进行,但还没有得到有关麻衣子见到的那名男子的信息。

十天过去了,搜查本部内开始出现焦虑的苗头。对案件相关人员的询问已大致结束,却没有找到一条有价值的线索。凶手是途经此地的暴徒一说变得越来越有说服力。

但是高间等几个侦查员却对此表示反对。北冈明有着一米七以上的个头,而且是个运动员,再怎么出其不意,也很难想象他会这么轻易地被刺杀。

"只要一看他的体格,暴徒恐怕也要敬而远之。"一个侦查员这样说道。高间也有同感,他想,会不会是一个北冈明认识的人,趁他大意的空当袭击了他?

但问题在于作案动机。并没有找到线索证明北冈明招人怨恨,也找不出一个杀了北冈明后能得到好处的人。

知道那天晚上北冈明会去森川家的人是谁?有关这个问题也反复进行了研究。首先考虑的是森川。他说他并不知道,但说谎的可能性也不是没有。只是如果考虑是他,他又有和手冢麻衣子在一起的不在场证明。虽然也举出了同谋的说法,却并没有什么特别的依据。讨论至此,高间没有再做发言。

如果不是森川,棒球部的成员也是值得怀疑的。不过这只是想象,而且将自己的队友杀死的说法,反倒令侦查员们难以置信。

这一日傍晚,高间按预先想好的那样,试着和须田武志又碰了一次面。

高间还是第一次到须田家拜访。羊肠小道交错在一起，令人可畏，矮小的房子仿佛迷了路似的比肩而立，要找到这样一个地方，路上需要打听好几次。

须田兄弟的家也在这未经铺设的狭窄甬道上临街而建。房子与邻家的间隔过于狭窄，宅院重重叠叠，玄关前面简陋地挖开了一道沟，雨量稍大便会泛滥。

高间抬头看着门牌，一块旧木板上用墨水写着"须田武志"。他想起了武志家是单亲家庭。门牌上写着武志的名字，或许是他们母亲考虑到明示他们父亲已经不在的事实会惹来麻烦，这正是她智慧的体现。

高间回忆起遇到勇树时的场景。说起来，那个少年曾说过，他家并没有富裕到把打棒球当作消遣的程度。

"原来如此。"高间望着这栋朽得好像马上就要崩塌的小木屋，不由得说出声来。"打扰了，请问有人吗？"

随着应答声，一边的门被打开，眼前立刻出现了一个人，高间稍微吃了一惊。仔细一看，正是那个少年——须田勇树。

勇树刚才应该正坐在矮桌前学习。

"小鬼。"高间向他打招呼。

勇树的表情凝滞了一会儿，终于想起了高间的模样，露出笑颜。"晚上好。"

"你一个人吗？"高间往里看去。虽说是里屋，打开的推拉门对面却只能看到三叠大的房间。

"妈妈说今天下班可能会晚……您是找我哥吗?"

"嗯,我还有些事要问他。"

"这样啊。"勇树放好铅笔站起来,从那间三叠大的里屋拿出坐垫放到了高间面前。或许他母亲叮嘱过他,如果客人来了,就这么招待。

"之后怎么样了?这个案子在你们同学之间成了话题吧?"高间把坐垫放在门口处的横框上坐了下来。

勇树摇摇头,说:"没,没怎么……好像大家没多久就说腻了。"

"嗯,可能是这样吧。你们现在主要谈论什么?"

"什么呢……"勇树晃了一下脑袋,"说起来,今天谈的是东京奥运会纪念币的事情。有人特意排队去买了。"

四月十七日,首发日的纪念币据说人气很旺,引得人们在贵金属店外排起了长龙。高间也在今天的报纸上读到了这件事。

"这样啊,今年要开奥运会了。"

现在的高中生活里令人高兴的事数不清。因此,与自己不相干的事或许马上就会被忘掉。

高间看了看矮桌。在经常使用的英语课本旁边,勇树在白纸上密密麻麻地写上了英文。那张纸怎么看都是商业街的传单,他用的是背面。

"你还真是努力啊!"高间不带任何恭维地说道,"你哥哥又是怎么样呢?"

"什么怎么样？"勇树惊讶地动着黑色的眼珠。

"我是说，提起投手须田来，大家都评价他是天才，其实他的努力也是旁人的数倍。"

"当然了。"因为感到意外，勇树的话语里倾注了力量，"虽然我哥确实有过人的天赋，但他付出的努力更不得了。他做着普通人无法想象的训练，虽然我表达不好……总之就是很厉害。"说完，勇树似乎察觉到了自己声音的异样，脸红了起来。这个样子颇得高间喜欢。

"那比如说，从学校回到家之后，他也自己做些训练之类的？"高间问道。

"嗯。"勇树说道，"基本上每天他都出门，到附近的石崎神社训练。"

"石崎神社吗……"

这个名字高间从北冈里子那里也听说过。她说北冈明会去那个神社。果然两个人是在一起训练的。

高间正思考着，突然玄关处的门开了，一个陌生男子出现在面前。高间吓了一跳，那个男子似乎也吓了一跳。两人对视了一阵之后，那个男子走了进来。

这是一个身着鼠灰色作业服的中年男子，大红脸，稀疏的头发打过发蜡，牢牢地粘在一起。他那西瓜般凸出的小腹看上去十分诡异，身上微微散发出一股酒味。

"须田夫人还没回来吗？"男子向勇树问道。应该是要找勇树的母亲。

"还没。她今天晚上回家会比较晚。"勇树不快地阴沉着脸,这让高间注意到了。

"是吗?那我就等等她吧。"男子说完,毫无顾忌地看着高间,眼神中透着疑惑,似乎在说"你究竟是什么人"。

"一时还回不来呢。"勇树说道。

但男子并不理会,开始脱鞋。

于是高间说道:"请过会儿再来,行吗?您就住在附近吧?"

男子的鞋脱了一半,瞪向高间。"你是谁啊?"

高间没有办法,只好拿出警察手册。刚一亮出来,男子的表情立即变了。

"刑警先生啊……啊,是开阳高中学生被杀那件事吧?跟这家的孩子有什么关系吗?"

"不,我只是想问他一些情况。"

"是吗?不好意思,我是在这前面开钢铁厂的山濑,因为受这家主妇所托,借了一点钱给她。可是已经过了期限却还没还给我,所以我就亲自到这儿来了。"

高间的目光从男子丑陋的谄笑上移开,转向勇树。勇树正盯着矮桌上的某处。

"情况就是这样了。既然好不容易来了,总不能空手而归吧。"

山濑已经脱掉了一只鞋,正准备从高间坐的位子旁边走进来。这时,玄关处的门又打开了。

"你干吗？"低沉的说话声响起。

正迈向横框的山濑吓了一跳。

"不是说了会还钱吗？不许你随便进别人家的门！"武志抓起山濑的胳膊。

看着转过头去面露怯色的山濑，高间心里一阵惊讶。

"可是你弟弟不给……"

"滚回去。"武志镇静地说道，"有了钱我们就还给你，包括利息。这样你没什么意见了吧？"

"可谁知道这是什么时候的事。"山濑嘴上这么说，但还是磨磨蹭蹭地穿起鞋来。

"不会让你久等。我们也巴不得早点跟你撇清关系。"

高间以为山濑会说点什么，但山濑只是动了一下嘴，最后什么也没说，粗暴地打开门，摇晃着肥胖的身体走了出去。

"他看上去奈何不了你啊。"高间说道。

那样性格的男子，却被一个还是高中生的对手轻易地镇住了，这是高间没料到的。

"有我哥在，他就老实了。"勇树说道。

武志没有搭腔，从高间旁边走过，进了屋子。因为身高的关系，他眼看着就要碰到门框了。他坐到勇树旁边，脱掉校服上衣，问道："妈妈呢？"仿佛刑警全然不在他眼中。

"还在上班，要晚些回来。"

"哼。本来就不该勉强自己，差不多了就回家不是挺好的吗？"

武志走到厨房，喝了一杯水回来。"还有，你找我有什么事？"他终于坐到了高间面前。

高间说："听说你每天晚上都去训练啊。"

武志的脸马上转向了弟弟。

勇树缩着脖子。大概武志平时告诫过他，多余的话别乱说。

"据北冈的母亲说，北冈也有过自称去训练而出门的情况，地点同样在石崎神社。如果没猜错，他是和你一起训练的，对吗？"

武志缓缓地点点头，回答道："是的。"

"果然是这样。那么，那天晚上他应该不会去神社，这个情况你听他说了吗？"

"没有，没听说。"

"没听说？这样一来，他就让你白白在那里等了呀。"

"不，北冈并不是非来不可。原本这个训练是我一个人做的，北冈知道了之后，有空就会过来一起练。那天晚上也是一样，我当时只是认为他今天不来了。"

是这样吗？高间感觉到轻微的失落。他原本想，北冈或许会告知武志不去训练的原因。

"调查方面进展得怎么样了？"或许是高间不说话了，武志便向他问道。

真是少见啊，高间想。"嗯，我们正在努力。"他坦率地说道。

"我听说手冢老师看见过凶手？"

高间惊讶地看着武志。"你是怎么知道的？"

"今天我直接从老师那里听到的。"

"哦……"

"而且不管怎样,事情已经传开了,还包括她和我们领队的关系。"

"……"这两个人的事本该是秘密,恐怕是哪个侦查员向记者之类的人走漏了消息。高间的心情变得阴郁起来。

"手冢老师说,她没有看见凶手的脸。"

"嗯。她说太暗了看不见,那时自行车的灯也没有打开。"

"那就是说没太大参考价值了,是吗?"

"没有期待的那么有价值。"

"真可惜啊。"

"是啊,我也这么觉得。"高间皱起了眉头。

高间道过谢,离开了须田家。他一边回想着来时的路,一边在小路错综复杂的街区里慢慢走着。天已经完全黑了,路格外难找。他花了比来时多将近一倍的时间,才终于走到了那条眼熟的路。

高间刚松了口气,后面就传来一阵有节奏的脚步声。他回过头,看见刚刚和他道过别的武志穿着一身运动服跑了过来。看来应该是武志训练的时间到了。

"加油!"武志从高间身边经过的时候,高间朝他说道。

武志轻轻举起右手应答。

"不愧是须田武志啊。"高间无意识地低语道。他的视野里,武志的身影眼看着渐渐变小,最终消失在了黑暗中。

5

东西电机的炸弹案,就连负责此事的几个侦查员也基本上忘记了。有人认为,这本来就不是什么大事,既没有造成伤亡,凶手也没有想要引爆的意思。即便抓住了凶手,也很可能只是把这件事当作性质恶劣的恶作剧来处理而已。这一个月间,比这更加凶残的罪行频频发生。仅是解决这些就已经人手不足,便更没有闲工夫来关心这场恶作剧了。

当然,也并非没有进行过任何调查。炸药的来源等信息,很早就已经查明了。

硝化甘油是两年前从当地的国立大学里偷出来的。这所大学设有化工系,硝化甘油便是从该系管理的炸药库中盗取的。当然,学校已经提交过受害报告。所幸的是,之后并没有发生使用该硝化甘油实施的犯罪。

现在一部分侦查员正在调查对东西电机怀有怨恨的人,但这项工作也不能说进展得很顺利。

然而,让他们心绪不宁的事发生了。

一封恐吓信送到了东西电机的社长中条健一家中。岛津警察局的会议室里立即召集了侦查员,那封恐吓信的复印件已分发到他们手中。县警本部搜查一科的上原也在其中。

恐吓信被认为是用尺规所写，上面写满了正方形的字。信的内容如下：

致中条健一阁下：

我们就是一个月前向贵公司打过招呼的人。这之后，因为准备工作有些慢，所以没再跟你们联系，实在抱歉。

进入正题吧。

除了上次奉送的一点心意之外，我们手上还有好几种炸药。要是用起来，不费吹灰之力就可以炸掉贵公司的一两处工厂。而在贵公司内安放炸弹难易如何，通过上次的事我们也一清二楚了。不过，大量的杀戮可不是我们所期望的。

以下是我们的交易。

请您马上准备好一千万现金。作为对这笔钱的交换，我们会终止爆炸计划。

这笔交易将在四月二十三日进行。下午四点半，请拿着钱到岛津站前一家名叫"WHITE"的咖啡厅等待。届时，请事先将钱放进一个黑色皮包，包的提手上系上白色手帕。此外，本次交易必须是中条健一先生独自前来。我们清楚地记得您的相貌，所以即便他人替代也是枉费心机。

如果我们判明有警方介入，交易将立即停止。

此外，为了表明我们就是上次炸弹的馈赠人，我们特将当时原始定时装置的构造及规格另附一纸随寄。这些内容想必没有发表在报纸等媒体上。

祝我们合作愉快！

立约人上

根据本部长的说明，恐吓信是今天早上送到中条家的。中条夫人纪美子打开信后大吃一惊，之后便联系了在公司的健一，而健一毫不犹豫地报了警。邮戳是岛津邮政局的，离东西电机很近。

围绕这封恐吓信，许多看法被提了出来。其中一个疑问便是，写这封信的人究竟是不是安放炸弹的凶手。应该错不了——这是大家的一致意见。定时装置的说明上，标记着只有凶手才知道的细节。

"真如他们所说，他们还有其他炸药吗？"辖区警察局的刑警问道，"据我们调查，从那所大学里偷出的炸药就是上次那么多。我认为这只不过是恐吓罢了。"

"有这个可能，但我无法安心。可以想象，他们会从好几个地方盗取炸药。"本部长发表了审慎的意见。

"您不认为凶手是激进组织吗？"不知谁说了一句。

"不，如果是激进组织，应该会有更可靠的武器获取途径。而且，他们只有金钱的要求，这也说不通。"

这是上原的意见。有几个人表示赞同。

"没错，要是激进组织，他们一定会在信上写资本主义之类的内容。"一个资历较老的中年刑警说道。

指定的日期是明天，不管怎样，按照凶手的要求行动这一方针已经确定。凶手是一人还是多人尚不明确，总之一定会有人在取现金时出现。确切的指示便是，那个时候当机立断地抓住目标。这不像绑架，不必考虑人质安全。

行动人员也已布置完毕。岛津站周围和咖啡厅无疑要设人监视，跟踪用的汽车也预备了几辆。想必凶手并不打算在咖啡厅内进行交易，应该会在那里指示转移到另一处地方。

有几个侦查员今天晚上就住在中条家。上原也是其中之一。

中条健一是个颇有风度的绅士，令人不禁想象他年轻时就是个美男子，自然的言行举止让人觉得优雅。侦查员住到了他家，他也没有显露出不快的表情。

"或者说，凶手可能是个对您怀有仇恨的人。关于这一点，您有什么线索吗？"

上原的上司桑名以颇为坦率的态度向中条发问。上原在旁边听着。他们和中条面对面坐在会客室里。

"不知道。应该没有这样的事。"中条不安地歪头思考。也许世上很多人都不会知道自己正遭人忌恨。

"立约人这个词，让您想起什么了吗？"

"没有。写这个称谓究竟是什么意思呢……"

桑名沉默下来，好像提不出问题了。

上原在来这里之前，曾调查过中条健一的经历。他本来是东西电机的母公司东西产业的职员，在战争中从事与军事有关的业务。

战后不久,东西电机一成立他便调到了那里,担任第一任社长渡部的顾问,成为渡部的左膀右臂。中条的妻子纪美子便是渡部的独生女。

他的发迹几乎一帆风顺,由此而感到忌妒的人怕是很多——侦查员中有人提出了这样的看法。明天的结果说不定就与这方面相符。

纪美子端着咖啡出现了,她穿着素雅的和服,相貌普通,难以想象她就是前任社长的千金,这是上原真实的感觉。她留给上原的印象是一位一心帮助丈夫的贤妻。

"膝下可有子女?"或许是因为纪美子出现了,桑名换了一个话题。

中条微微舒缓了表情,摇了摇头。"可惜过了好时候,我们结婚也很晚。"

"冒昧问一下,结婚时您多大了?"

"因为战争,结婚时已经将近四十了。"

中条开始吸烟,纪美子则低着头出去了。很明显能看出他们在回避这个话题。

桑名也一定敏感地察觉到了,此后便闭口不言。

本以为凶手可能会和他们联系,但到了第二天下午仍然毫无动静。约定的时间就快到了,他们不得不做好出发的准备。

一个侦查员以司机的身份坐上了中条的车。后面跟着上原等人的车。在指定的场所内,侦查员应该都已经就位。

四点二十分,中条的车开到了岛津站前。车停在路边,中条独自下了车。上原则把车停到了前面隔着一条路的地方观察情况。副驾驶席上的桑名取出了望远镜。

中条穿着一身剪裁优良的西装三件套。一排简陋的商店和他的身影让人感觉不太搭调。这里离东西电机的总部很近，而社长居然会出现在这种地方，是公司职员们做梦也想不到的吧。

中条环视周围，提着皮包缓缓走动。上原注意到这里到处都有侦查员的身影，但如果不看这些，眼前仍是一片相安无事的站前风景。

WHITE 咖啡厅脏得像一间长草的大众食堂。中条推开玻璃门，走了进去。

"看得见里面的情况吗？"上原对架起望远镜的桑名问道。

"根本看不见。"桑名说。

十分钟后，中条出来了。也许是心理作用，他的神色看上去比先前更紧张，皮包还拿在手上。

中条扫视四周，连自己的车都没看一眼，径直向出租车停靠站走去，坐进了一辆等在那里的出租车。上原的车随即发动了引擎。

"看来凶手给他消息了。"上原说道。

"嗯。凶手可能往咖啡厅里打了电话。"

出租车穿过商业街向南行驶，上原等人紧跟其后。

大约二十分钟后，出租车到达了昭和站。可以看见中条付了车钱。虽然包还在他手上，但侦查员一定还会跟那辆出租车司机接触。

中条小心翼翼地抱着皮包，沿路口的环岛慢慢走着，过了一会儿,停在了一家香烟店门口。店里有公用电话。

"难道……"

上原朝桑名说话的同时,只见香烟店里的老头拿起了红色听筒,还对中条说着什么。那应该是凶手打来的电话。

中条拿起听筒说话,上原则把目光投向四周。凶手应该就在附近,正一边监视中条的行动,一边打电话。

通话时间比预想的要长,中条用手捂着听筒在说话,大概是为了不让香烟店老板听见。

打完电话,中条拿着包,又摇摇晃晃地走了起来。他在公交站那里停下,把包放在了长椅上。长椅上坐着一个老太太。

"这是什么意思?"桑名探出身来。

"啊,中条他——"上原出声是因为他看见中条把包放在那里,快步走向了后面的书店。

"该死的凶手,他准备拿起包就跑吗?"

桑名用望远镜凝视着皮包,上原的目光也寸步不离。而侦查员则出现在别处,对皮包开始采取不即不离的紧盯行动。他们蓄势待发,凶手一出现,便马上将其制伏。

但此后过了好几分钟,皮包并没有异常情况。等公交车的乘客中,也有人注意到了皮包,但没有人伸手去拿。

或许是为了确认凶手的指示,化装成行人的侦查员走进了书店。中条应该就在里面。

"看样子,凶手是放弃了吧。"

正当桑名低语的时候,进入书店的那个侦查员脸色大变地跳了出来,然后径直跑向了这边。

"不好了!"那个侦查员说道,"找不到中条的人影。看样子是被人从后门带走了!"

真是件令人完全摸不着头脑的事情。到头来,凶手放着装有一千万的皮包不拿,却把中条带走了。试想一下整个经过,很明显凶手的目标一开始就是中条。

桑名和上原一行人在中条家待命,大家都不怎么说话,脸上浮现着浓重的疲态。

"夫人呢?"其中一人问道。

"在二楼,她怕是不想和我们打照面吧。"另一个男子答道。

"我理解她的心情,换作我也无法原谅。而且,这究竟是为什么……"凶手为什么要这么做呢?这个反复被提出的问题他并没有问出口。

警方认为有两种可能。其一,凶手真正的要挟可能从现在才开始,即以中条为人质,进而提出更高额的赎金。其二,凶手只是对中条怀有仇恨。侦查员们都知道,如果是这种情况,保住中条的性命基本是无望了。

上原盯着放在会客室里的电话,他在等凶手的联络。他想,如果有赎金的要求,就还会有线索,中条也很可能还活着。

就这样,两个小时过去了。对侦查员们来说,这是段令他们胃都要疼起来一般的漫长时间。

然而……

将近八点的时候，玄关处发出声响，随即从二楼传来纪美子下楼的脚步声。正当侦查员侧耳倾听玄关的动静时，纪美子的尖叫传了过来。

"你……究竟是怎么……"

桑名带头，会客室里的刑警都跑到了楼下。看到玄关处站着的男子时，所有人都愣住了。

站在那里的，是疲惫的中条。

中条健一的口述经整理后内容如下：

他在 WHITE 咖啡厅等待的时候，四点半刚好有电话打进了店里。拿起听筒，他听到一个男子含混不清的声音，要他马上坐出租车到昭和站。站前有一家香烟店，就在香烟店的公用电话前等待，五点准时联系他。

五点整，公用电话正好响了，香烟店的老板见了他，问他是不是中条。得到了肯定的回答后，老板把听筒交给了他。

他听见的是同一个男子的声音。"把皮包放在附近公交车站的长椅上，然后到书店里去，书店有后门，已经为你打开了"。这就是对方的指示。

他依言从书店后门出来，前面是一条行人稀少的细长小路。

"我刚一出门，就被人用什么东西从身后顶住了，不知道是刀、手枪还是什么。按住我的是一个肥胖的中年男子。他命令我快走,我就那样被押走了。路边已经停了一辆车,是黑色的,我觉得好像是太子汽车公司的'光荣'。我一坐进去,那个男人就往我嘴里塞进了像布一样的东西。我刚'啊'了一声,瞬间就失去了意识。可能是嗅到了三氯甲烷。"

当他醒来的时候,发现自己倒在一处幽暗的地方,旁边摆的全是空纸箱。他想自己是不是被监禁了,可意外的是出口的门并没有上锁。他出去后就吓了一跳:那里正是离自己家不到五百米的一栋废弃建筑。然后他便诧异着回到了家。

侦查员们听后,马上赶往那栋建筑。该建筑建在荒无人烟的地方,看上去像是个即将倒下的人。

"听说这栋建筑施工到一半时,承包公司就破产了,里面的楼梯还没建呢。没想到会把我带到这里。"中条说完,叹了口气。

建筑里面被仔细搜查过了,没有人潜伏的形迹。

此外,凶手的真实意图也摸不清楚。本以为是要用精心设计好的手法骗走中条,结果却什么也没做就让他回来了。凶手究竟想干什么?侦查员们完全弄不明白。

"这一定是对东西电机怀有深仇大恨的人干的。"桑名仰视着这栋废弃建筑说道,"凶手并没有想要什么,只是想彻头彻尾地给人找一次充满恶意的麻烦。"

看来,我们也被凶手耍了吗?听着桑名的话,上原想道。

6

接到那个消息的清晨，田岛正在房间里学习。他手拿一杯速溶咖啡，正对着下一道数学问题干劲十足的时候，电话响了。

田岛的志向是法学院，他力争考上国立大学或者一流的私立大学。正因为如此，从上三年级起，他就开始了复习。

要是王牌投手，可无法这样学习。

他最近经常这么想。虽然有自暴自弃的成分，但多半是出于真心。他能在大清早学习，也因为他不过是个替补投手罢了。

这时，佐藤打来了电话。

佐藤的声音在颤抖。平日表达流畅的他，现在即便是转达一件事，也要口吃几次。

田岛也一样，在听佐藤说话的同时，身体开始无法控制地颤抖起来。回到了自己的房间后，他仍无法停止颤抖。他感到呼吸都乱了，轻微的恶心感和头痛向他袭来。脑中也是一片混乱，根本不知道自己现在应该思考些什么，整理不出任何头绪。

然而在他混乱不堪的脑海中，有几段影像却毫无理由地复苏了。他没有办法，只能任凭思绪在一个接一个的影像中游荡。

那是田岛加入棒球部那天的事。

他加入棒球部的初衷很单纯，只是想在高中时期积累些特长，也因为他在初中的时候一直打棒球。当时的开阳高中棒球部实力之弱是出了名的。作为一支球队该有的目标什么的,这个棒球部一样都没有。当时希望加入棒球部的有二十来人,大体上都怀着和田岛一样的想法。

当时的队长谷村是个三年级学生,他让新成员列队,向他们开始了一番长篇大论:抱着来玩的心态在这儿是待不下去的,这是只有强者才能生存下去的世界。然而这只能让人感到是些走形式的、毫无说服力的言辞。

第一周只是让成员们随便跑跑步,之后就到了观察新成员实力的阶段。采取的方式是:没打过棒球的做投接球练习,打过棒球的训练防守,当过投手的则投出五六个球展示一下。自称投手的是包括田岛在内的三个人。

最先投球的是一个姓松野的学生。在田岛的记忆中,他在慢跑时就是一个劲乱跳,收拾用具的时候也不怎么动手,倒是不停地在炫耀他初中时的事迹。

松野摆出怪异的架势,踏响了投手板,在大家的注视下终于投出了第一球。这是一个飞快的上肩球,离开指尖的球画出一道白色轨迹,被接球手收进了手套。

紧张的气氛稍微缓和了些。特别是当时的王牌投手——一个姓市川的三年级学生——心如石头落地一般,绷紧的表情放松下来,对着身边的人说了些什么。看了松野的球,他似乎有种安心感:自己王牌投手的宝座不会被夺走了。

或许是察觉到了这丝气息,松野的表情变得稍微认真起来。

"我最常投的是曲线球。"

他第二球投了个曲线球,接着又投了直线球。他再次做出投球动作时,队长谷村告诉他已经够了。接着,谷村指示松野明天开始跟守场员们一起训练。松野一副眼看就要哭出来的表情,央求说让他再投几个球,却根本没人搭理。

接下来是田岛走向了投手板。他到底还是有些紧张。

田岛采取低手投球的方式。他初二开始练习这种投法,初三时凭此闯进了县大赛的前八强。他虽然擅长曲线球和滑行曲线球,但有松野的先例,他想还是不要说出口为好。

一开始,他试着轻轻投了一下,球却意外地画出了一个很长的弧线。大家的脸上都露出惊奇的神色。

第二球他稍微提了点速度,比刚才更令人满意的一球落到了手套里。王牌投手市川的脸色变得有些严峻起来。

谷村问他能不能把球投出曲线,田岛便展示了自己的得意之作。他曲线球和滑行曲线球各投了两个,全都令人满意。第二个曲线球因为有落差,甚至让接球手急造险些没接住。

"很好!"谷村满意地说道,"你是哪所初中的?"

"三吉中学。"田岛答道。

"是吗,三吉中学很强啊。"

接着,谷村便给他指令:明天开始进行投球训练。

这个时候的田岛,确信自己会夺得王牌投手的宝座。他也知道,市川和作为王牌投手替补的二年级学生并不是很出色。

田岛内心高兴得忘乎所以，因此便没有把接下来投球的人放在眼里。

第三个投球的，是个让一部分新成员另眼相看的学生。此人在初中时并没有耀眼的战绩，因而田岛对他并不熟知，但田岛一直记得有人说过他很厉害。他平时不是特别引人注意，即便他说话，田岛基本上也没听进去。甚至他在做自我介绍的时候说过些什么，也没在田岛的记忆中留下半点东西。但田岛注意到，当听到他名字的时候，谷村等人的脸色有了细微的变化。

那个学生将球在掌中揉捏几下，然后慢慢摆好了姿势。他的动作并不花哨也不带任何逗能的感觉，投出了一个漂亮的上肩球。只见他的重心稳稳地落在轴心脚上，接下来身体重心的移动也很流畅。他的肩像弓一般有韧劲，右臂随即如鞭子一样甩了出去。像弹簧般飞出的球，一瞬间就到了接球手的手套里。

真快，田岛想。

站在一旁的所有人刹那间都沉默了。接球手也半晌才想起把球扔回给他。

他接着又投出了三个同样的球。

瞠目结舌的谷村良久才想起了什么。"能投曲线球吗？"他跟刚才问田岛一样问道。

新成员回答，他还没真正投过变化球。

"那就是说，你现在投的球就是你最好的球喽。好的，不错，你明天开始也要参加投球训练。"谷村十分高兴地说。

看来要和他争夺王牌投手的宝座了。

田岛凝神思索的时候,只听那个男生在投手板上自言自语般说道:"这可不是我最好的球。"

正走上前来的谷村闻言,停住了脚步。"你说什么?"

那个男生向谷村问道:"我再投五个球,行吗?"

"那倒没问题,可是……"

谷村想问些什么,对方却全然不理会,做起了投球的准备。接球手慌忙又把手套戴上。

田岛看见的是比刚才幅度稍大一些的动作。右臂画出一道圆弧,离开指尖的球瞬间横向切开了众人的视野。这个球速远超之前所有的投球。

"真快……"松野在田岛旁边小声低语。他都忘了自己的投手身份已被降级,现在只是愕然地张着嘴。

并不只是松野一个人,以谷村为首的众人都哑口无言。

然而,真正该惊讶的事从这时才开始。

那个男生接连投出球,且球速一个比一个快。一片沉默的操场上,只有球一来一回的清脆声音在他和接球手之间响起。

令人注目的是最后一球。就好似聚起了最大的力量,他那弹簧般的身体眼看着瞬间缩到一起,手臂已经往下甩出。嗖的一声,声音直传田岛这边。白色的球已经到了本垒板上面,猛地一冲,伴着剧烈的声音,被收进了手套中。三年级的接球手受到冲击,一屁股跌坐在地。

所有人都大吃一惊，接球手也愣住了。这个状态持续了好一段时间。

这个场面中的主角，却站在投手板上平静地环视着众人。

这才是我的球。

田岛似乎看见他在说这样的话。

这个人便是从东昭和中学来的须田武志。

开阳高中的须田这个名字在高中棒球界被熟知，是那年夏天的事。全国高中棒球赛的县预选赛第一轮比赛，开阳队遭遇强劲对手佐仓商业队。佐仓商业队已经在当年春天的选拔赛中出场过，也是被视作今年夏天有望夺冠的一支球队。

从力量对比来看，这场比赛的结果是毫无疑问的。事实上，来为开阳队加油助威的，也只有队里的几个选手罢了。参赛的选手们也不认为自己能赢，甚至连应该夺得几分，把对手的得分压制在多少以内这样的目标都没有。

不出所料，王牌投手市川在第一局很快就被缠住。击球手击中了球心，但球正好落向其中一个野手的位置，导致一人出局。对市川来说，这样的好运却并没有持续。市川使出浑身力气投出的球，被佐仓商业队的击球手轻而易举地打了出去。击球手判断准确，似乎神经都通到了球棒的末端。而在对手看来，不过是市川投的球太容易被击中了。

不一会儿工夫，对方就夺得一分。现在的情况是己方一人出局，二垒、三垒有人。从比赛开始到现在还没过十分钟。投手板上的市川脸色苍白，而且看上去因为投了几次球，肩部因喘息正剧烈起伏。

于是开阳队的领队森川换了投手。市川下场，一年级的须田武志站到了投手板上。与此同时，对方的休息椅那边传出一片喝倒彩的声音，表现出胜负已定的样子。然而，这片嘲讽在武志开始投球练习时，似乎稍稍收敛了一些。

比赛继续进行。

武志的第一球远远偏离本垒外角，第二球也稍高且轨迹明晰。"没有制球力！"从对手那里又传来嘲笑声。田岛从来没有见过武志如此混乱的控球。

接下来第三球被投了出去。球刚脱手的瞬间，无论是谁，心中一定都在惊呼：糟了！这是个内角快球，对方的击球手避之不及地逃开，但已经来不及了。刚听到一声钝响，便看到击球手捂着侧腹蹲了下来。

对方好几个人跑了过去，接球手北冈也一脸担心地瞄向那边。武志一面摘下帽子，一面走下了投手板。

那个击球手终于站了起来，紧锁双眉，走向一垒。接着各位选手都回到了原来的位置上，比赛继续。这是个并无异样、经常发生的场面。初登投手板的武志给大家留下的印象只有因为过于紧张，控球乱了方寸。

因此对于接下来上场的击球手，武志投出的第一球是令人出乎意料的。又是一个稍高的内角快球，勉强进了好球区。或许击球手还记得刚才的死球，一闪身，目送着那个球从身边飞过。

第二球也是同样的路数，击球手挥动了球棒，却连擦都没擦到球。

第三球是偏向外角的慢球，但击球手似乎想着什么，对着球伸出手臂奋力一击。触到球棒前端的球滚落在武志面前，接着连续传到接球手和一垒手手中，攻守互换。

开阳队的选手大喜过望，佐仓商业队的队员则全是一副瞠目结舌的表情。他们本想在第一局就拿下十分，但结果只拿到了一分。

这一影响很快就在下半回合显现了出来。对方的投手用尽了力气要压制局面，连投四球，但到头来却被打出了适时三垒安打。一会儿工夫，比分就逆转成了二比一。佐仓商业队似乎按捺不住了，也更换了投手。因为对手是开阳队，佐仓商业队此前都是替补投手在投球。

王牌投手出阵，这一局到最后虽然保住了比分，但佐仓商业队明显慌张了起来。面对须田武志的球，似乎有什么在催促着击球手早早击球。武志用让人以为是慢球的曲线球扰乱对方的时间预测，又不时在心中盘算着用自己得意的快球让对方躲闪不及。佐仓商业队的击球手看起来很滑稽地反复打出质量不高的击球，频频出现连开阳队的守场员在训练中都不曾有过的草率动作。

比赛就这样进行下去，佐仓商业队领队的怒吼声甚至传到了开阳队的休息椅那边。听见那声音，开阳队的九个队员越来越放松，而佐仓商业队的九个队员则越来越紧张。

到第九局的上半回合，三人三振出局。比赛结束时，佐仓商业队的人还是一副难以置信的表情。而开阳队也是同样，以至延迟了在本垒的列队。

"第一局上半回合胜负就已经见分晓了。"面对记者的提问，两所学校的领队做出了同样的回答。

开阳队的领队森川进一步补充道："那个死球似乎让武志的态度严肃了起来。"对方学校的领队也褒扬武志说："他是个投球果断的出色投手。"接着又后悔道，"即便如此，那个死球本来应该是可以抓住的机会，但我们的选手反倒选择了逃避。"

想来确实是那个死球分出了胜负。因为有了那个球，开阳队成了满垒，接着又打出了双杀。"那个死球是歪打正着，"队长谷村也这么说，"须田连续出球的时候，我还想是怎么回事呢。"田岛也是这么想的：就算是须田也会有紧张的时候。

田岛得知其中的真相，是在这天返程的电车上。当时他的座位和北冈的相邻，他便试着说了这件事，北冈马上显出一副不耐烦的神情。

"你觉得那是偶然吗？"北冈问道。

"什么偶然？"

"那个死球啊。你不是觉得那是偶然吗？"

"……"

"须田那家伙是对准了打的。这我可知道。"

"这事你是怎么……"

"他是为了更好地对付后面的情况。你看见佐仓那帮人泄气的样子了吧。"

田岛吃惊地看向武志。

北冈在他耳边继续说道："他就是这种人。那家伙，在对准人的命中率上也是名人级别的。"

当事人武志却似乎连自己立下大功的事都忘了，一副若无其事的样子，凝望着掠过车窗的景色。

从此以后的比赛，武志全都会上场。虽然因为队友的失误，开阳队败在了第三轮，但须田的名字却因为这次大赛，连县外都知晓了。

田岛回忆起这两年间武志投的球，无论哪个球对田岛来说都是令他惊异的。比赛全程出场、夺下二十次三振、连续三次比赛不让对方得分——无论哪次比赛都是如此。更让田岛惊叹不已的是武志的精神力量。无论是何种局面，武志都非常冷静，就像怀着一颗冰冻般的心脏。这异常的冷静甚至让人恐惧。

他是个了不起的人。这么了不起的一个人竟……

田岛咬住嘴唇。

这个天才须田被杀掉了。

传言

1

石崎神社东侧的一处树林中,发现了须田武志的尸体。发现者是自称每天早上在这附近散步的一个老太太。

尸体腹部被刺,可以判断这恐怕就是致命伤。死者因痛苦而翻滚的痕迹清晰地残留在了地面上。

然而尸体给人的惨烈印象,却并不是来自腹部的伤口。

"真过分!"侦查员自言自语道。

武志的右臂被从肩部切断了,身体周围有大量血迹。

"刺伤腹部这种作案手法跟北冈明那个案子一样。是同一个凶手吧?"小野俯视着尸体,嗫嚅道。

"这个还不知道。"高间小声回答,"同是腹部被刺,但北冈的手臂并没有被切断。"

"取而代之的是狗被杀了。"

"是啊……"

"狗和右臂……这究竟是怎么回事……"高间小声嘟囔着。他凑到了法医身边,询问凶器是什么。

四十多岁的法医村山推了推高度数的眼镜。"应该跟上次那个少年的案子一样,"他答道,"是一种薄片小刀之类的东西,不是菜刀或登山刀一类。"

这么说,凶手果然是同一个人?

"手臂是被砍掉的吗?"

"不,用那种刀很难办到。"

"那是用的什么?"

"可能是锯子。"

"锯子……"

"是的。虽然我觉得这很费时。"

听到这里,高间咽了一口唾沫。在人迹罕至的神社旁的树林里,凶手用锯子将尸体的手臂锯下来,根本无法想象这是正常世界里的光景。

"死亡时间推定是……"

"应该是昨天晚上八点到十点之间。详细情况要看解剖结果。"

与北冈的案子属于同一时间段,高间心想。正当他在思考的时候,传来了小野唤他的声音。小野正和鉴定人员一起蹲在尸体旁边。

待高间走近,小野说道:"上面写了些字。"

"字?"

"在这里。"小野指着离尸体很近的右侧的地面。仔细一看，地面上的确用小树枝之类的东西写了四个字，似乎是用片假名写的。

"アキコウ……对吗？"

"嗯。"

正如小野所说，那些字读作"akikou"。可完全不懂这究竟是什么意思。

"看不明白。"高间陷入了沉思。

"我也不懂。不像是人的名字。"

高间口中反复念着"akikou，akikou……"

"如果这是须田武志留下的，这也是与北冈明一案的不同点。北冈并没有留下这样的信息。"

"是啊。"不知为何，高间似乎置若罔闻似的离开了。然而他的脚步立刻就停住了。北冈也留下了信息！高间转身回去，重新看了一遍那些文字。他的心猛地一跳。"小野，这不是アキコウ。这个不是ア而是マ，这也不是コ而是ユ。マキュウ……这写的是魔球。"

须田母子被安排在石崎神社的社务所内等候，因为同时负责北冈明一案的关系，高间等人将对他们进行问话。真是让人提不起干劲的差事，高间心想。

在辖区警察局警察的看护下，须田志摩子和勇树正坐在狭窄的社务所里冷冰冰的榻榻米上等待。二人面前摆放着沏好的茶，但没有被喝过的迹象，而是跟这间房间里的空气一样凉了下来。

据说，确认是武志的尸体时，志摩子几乎处于半疯状态，现在似乎稍微冷静了下来，用手帕按着双眼。

勇树紧闭着土色的嘴唇，一直把头垂得很低，坐在那里。他的脸颊上残存着泪痕，为了忍住悲伤，他双手紧紧抓住膝盖。让高间印象深刻的是，他的指甲剪得很整洁。

"这真是……"高间看着二人说道。他本想说一句更加周全的话，但一时间想不出来。他老是想着该对死者家属说些什么，却张不开口。

"那就开门见山吧，武志失踪是在什么时候？"

高间问完，志摩子把手帕从眼前拿开，握在了手中。"是昨天晚上。他说去训练，出了门就没再回来，我可担心了。"

"准确时间是？"

"大概是七点半。"勇树在一旁答道，"我哥出门的时候，妈妈还没下班回来。"

说起来，前几天自己去的时候志摩子也不在家，高间回想了起来。

"你哥哥在出门的时候有什么异常的表现吗？"

"我觉得没有。"勇树摇摇头，面无血色地回答道。

对于高间此后的提问，二人的回答如下：

七点半左右出门的武志，直到十点多，志摩子回家准备吃已经很晚的晚饭时仍没有回来。本以为他是沉浸在训练中了，但一个小时之后他仍未回家。于是勇树一路找到神社，却没有发现武志的身影，不过勇树寻找的只是神社里面，并没有到树林中。

此后，勇树骑着自行车又到武志可能慢跑的地方转了一圈，但到处都没有武志的身影。他放弃寻找回到家中的时候已经过了十二点。

"本来昨晚就打算报警的，却总觉得他可能就要回来了，于是等到了今天早上。"

志摩子又把手帕按在了眼睛上。她的眼睛一片血红，一定是在得知儿子的死讯前，因为睡眠不足而造成了充血。

接着，高间问二人关于武志的死有什么线索。志摩子和勇树均断言没有半点线索。关于右臂被锯断也是同样的回答。这又让志摩子不禁流下了眼泪。

"那么……"一阵犹豫之后，高间问二人对魔球这个词有没有什么线索。如他所料，二人也都回答说想不出来。

高间向二人道过谢，把剩下的事交给小野，便回到了现场。尸体已经被处理，组长本桥正在一旁对年轻的刑警做出指示。

"发现什么了吗？"高间问道。

"没有。"本桥脸色阴沉，"刺进腹部的凶器和锯断手臂所用的锯子都没发现。"

"脚印呢？"

附近的地面比较柔软，留下足迹也是可能的。

"倒是有一些，但怎么看都是武志的。地面上到处都有被抹擦的痕迹，看来凶手已经把自己的脚印擦掉了。"

"指纹也采集不到吗？"

"现在看来希望渺茫。而且……"本桥凑到高间的耳边说，"右臂也没有找到。"

高间皱起了眉。"凶器被带走是可以理解的，但右臂都不见了，这有点异常啊。"

"不是有点，是相当异常。真搞不懂，凶手究竟为什么非得做这么残忍的事不可？有个家伙说什么这可能是被须田武志弄得手忙脚乱的其他学校的棒球队队员所为，让我好好训斥了一番。"

本桥厌恶性质恶劣的玩笑，但内心又觉得也不是没有这种可能。"如果说是怨恨，那可是怀恨相当深的人了。居然还准备了锯子，这就表明他杀人之前就打算把手臂锯下来。"

"有没有对须田武志怀有如此仇恨的人？有吗？对了，他家人那边怎么样了？"

"已经问过一些话了……"高间整理了一下须田母子的话，告诉了本桥。

因为没什么可成为线索的东西，本桥那副阴沉的脸孔一点没变。

找到目击者的消息传来时，高间他们正准备撤回。目击者是附近一家商店的女老板，她说昨天晚上看见了武志，时间是八点左右，武志当时正在使用公用电话。

"听她说，须田的那通电话打了三分钟左右。至于往哪里打，她自然是不知道的。"向她询问的年轻侦查员这样向本桥报告。

"哪怕是通话的片断也好,那个女老板还记得吗?"

"这个我也问过了,她却生气地说她不会做偷听顾客通话的事。只是听她说,她记得武志放下听筒时好像说了句'那我等着'。"

"'那我等着'……"

"也可能是'我恭候',并不是很清楚。"

"嗯。"

听完报告,本桥看着高间说:"这会是往哪儿打的电话?"

"目前找不到头绪。"高间摇着头说道,"但可以确定武志是在等对方,就在这座神社里。"

"而他和对方见面了,这一点应该也可以确定。还有,那个人是带着小刀和锯子过去的。"

"看来是这样。"高间点头道。

返回的途中,高间决定到那家商店去看看。穿过石崎神社的鸟居,从石阶上下来,一段坡度较缓的下坡道从正面延伸开来。直走到头是个丁字路口,拐角的地方就是那家商店了。高间一边在细长的坡道上走着,一边环视四周。道路的两边都是土墙围起的老房子。高间想起一个侦查员说过,这一带的居民因为要务农,晚上睡得很早。据他说,这里过了八点就行人寥寥,到了九点房子里的灯火基本就会全部熄灭,变得一片漆黑了。附近唯一还亮着的地方是石崎神社的神殿前。听说是因为一直不能根绝盗窃香资的人,才想出了彻夜点灯的对策。也多亏那盏灯,须田才能在那里训练。

走了没多久就到了丁字路口处,往右边一拐就是那家商店。店里摆了几样食品,香烟占了大部分位置。一个五十多岁的瘦女人正一脸睡意地照看着店面。前面的台子上摆着一部红色的电话。

高间走过去买了两包喜力香烟。接着他自报身份,问那个女人昨天晚上有一个男生用的是不是这部红色电话。那个女人有些不耐烦地回答说是的。

"那个男生拨号的时候,你看见旁边有便条一类的东西吗?"

"便条?啊,要这么说的话,我还真看见了一张纸条似的的东西。他好像是看着那个拨号的。"

这就是说武志并没有记住对方的电话号码,因此必须把号码记在一张纸上。那张纸没有在尸体身上发现,可能是被凶手处理掉了。

从武志没有记住电话号码这一情况来看,想要以此缩小嫌疑人范围也就变得很困难了。因为武志家中并没有电话,他也没有打电话的习惯。高间又问打电话的男生有没有异常的表现,女人回答说并没注意。

离开商店,高间一边走一边思考起来。武志昨天晚上究竟见了谁?为什么要在这四下无人的地方会面?难道对方就是杀害北冈明的凶手?这些想法马上闯入了高间的脑海。武志认识凶手,所以昨晚才将其叫出来吗?但武志也被杀了。如果是这样,武志是怎么知道凶手是谁的?而他又为什么一直隐瞒这件事?

还有一个谜团:凶手为什么要把武志的右臂锯下来?杀掉一个人本来就要花费不少精力,而锯尸体这种行为更加困难。对凶手而言,在现场长时间逗留是危险的,冒着这个危险还必须把右臂锯下来,其中的原因究竟是什么?还有那个死亡信息"魔球"……高间当然没有忘记这个词,反倒应该说,他的心里一直挂念着这个词。

上次看到是在北冈的相册中。在那张摄于甲子园的照片下面,写着"我看到了魔球"这句说明。

高间确信这绝非偶然。两个人留下了同一个词作为死亡信息——魔球——他们留下这一遗言究竟是想传达什么信息?

2

田岛刚一进门,右手突然被人用力抓住了。回头一看,只见佐藤正盯着他,扬起下巴示意他跟过去。似乎是被佐藤认真的眼神拉住了,田岛一言不发地改变了方向。

媒体的人好像还没有来,其他学生似乎也还不知道。上学的途中,田岛碰到了几个朋友,但谁都没有提这个话题。佐藤究竟是怎么知道的?他望着佐藤沾满灰尘的校服背影思忖。

棒球部的活动室里,以宫本为首,直井和泽本等三年级学生已经等在那里。从表情来看,他们应该已经知道了案情。

"好像全都到了啊。"突然从背后传来了说话声。不用回头也知道,这是森川的声音。"我想大家都已经知道那件事了。今天一大早警察那边就来了消息,关于那件事,他们想今天在学校询问情况。我不知道他们会问什么,但我能确定的是,你们恐怕会被问到棒球部内部的事情。特别是须田和北冈都是三年级的,终归这话题会波及你们。所以我先把你们召集过来了。"森川依次看着每个人的脸,叮嘱般地说明道。

森川大概是委托佐藤做联系人,因此佐藤最先知道了那件事。

"警察是觉得凶手在我们之中吗?"直井低着头,声音低沉。

"他们大概觉得有这种可能吧。"森川的话让所有人都抬起了头。"不过目前这些事与你们无关。现在我们必须要做的是老实交代事实。所以我现在想问问你们,有关北冈和须田被杀的事,你们真的什么都不知道吗?"

森川又依次看起了他们的脸,这次时间稍微长了一些。大家都慢慢地摇了摇头。

"好的,我明白了,接下来交给我吧。你们不用担心什么,只是训练暂时要停止了。况且这种状态下你们也投入不进去,对吧?"森川说完,打开活动室的门,准备出去。

"请等一下。"有人对着他的背影说道。

是直井。

"什么事?"森川问。

"领队,您觉得呢?您认为凶手就在我们之中吗?"

田岛惊异地看着直井。他好像并非有意要说不合时宜的话,只是盯着森川等待回答。

不久,森川沉闷地开了口:"我无能为力,就和比赛时一样。无论何时我都只能信赖你们,虽然我的信任对你们来说不能变成力量。"

说完，森川就走出了活动室。门被关上的声音回响了好一阵子。

剩下的五个人沉默无言，浑浊的空气似乎正在沉淀。

"我可是，"最先开口的是佐藤，"昨天晚上一步也没离开家门。"

"这究竟是怎么回事啊？"直井用针刺般的目光盯着佐藤。

佐藤微微避开这目光，接着说道："这是事实。领队也说过了，现在的事是把事实供述出来。明白无误的事就该明白无误地弄清楚。"

"你是想说，凶手是除了你之外的人？"直井飞快地站在了佐藤面前，猛地揪住他的衣领。

佐藤一边奋力挣脱，一边重复道："这是事实。我说的只是事实。"

"住手！"高个子的宫本挤到两个人中间，终于直井也松开了手。"我们为什么要杀须田？警察可不会蠢到这个地步。"宫本安抚道。

"明摆着的嘛！"佐藤发泄般地说，"他们可能觉得我们忌妒须田和北冈。不光是警察，学校里的人可能都这么认为。"

"然后只有你有不在场证明，是吗？"

直井差点再次跟佐藤争执起来，宫本用手势制止了他。

田岛脑中一片空白，只能看着他们的动作。因队友的死而造成的反目，和北冈被杀的时候相比，一点也没有改变，那时他们最关心的事是谁会当下一任队长。不，至少还稍微说了说对故友的怀念，那时的他们还是有救的。

田岛确信凶手并不在这几个人之中。天才须田不会因为这些家伙而丢了性命。

这时，此前一直保持沉默的泽本嘟囔了一句："我们都成了嫌疑人，都要被调查不在场证明，这是确定的吧？"大家朝他看去。他羞赧地低下头说："侦查的第一步就是从怀疑开始的。"他的声音意外地清晰。

"虽说是不在场证明，但也不会问这么详细吧？大致说一下就行吧？"可能是因为从来都很老实的泽本说话了，宫本感到有些害怕。

"我不知道。或许我们必须把时间都准确地说清楚。"

"这就难办了，我没有不在场证明。"宫本看上去着实担心了起来。

"我可是在家的，也有证人。"佐藤再度说道。

但这次直井什么也没说，只是直勾勾地瞪着佐藤。

我干了些什么呢？

田岛刹那间思考起来。而似乎哪怕瞬间的思考也是件惭愧的事，他低下了头。就这样，为了不看见大家的脸，他走出了活动室。

3

这一日将近晌午，高间和小野来到了开阳高中的接待室。窗外的操场上，上体育课的女生正在打排球。她们应该也已经得知了武志被杀的事。

一阵敲门声响过，森川走了进来。他打完招呼，沉默地坐到了沙发上，双手搓了搓脸。

"校长现在应该很慌张吧？"高间问道。

森川一脸疲惫地点点头。"我被狠狠地骂了一通，说是我监管不力。我真想对他说，我不过是个棒球队的领队罢了。"

"队员们的反应如何？"

"他们都很惊慌，这也是理所当然的。"

"我有很多事想问。"

"问我吗？还是问队员们？"

"两者都问。你最后一次见到须田武志是什么时候？"

森川重重地叹了口气，说："在北冈葬礼那天。那之后我有些忙，没有参加棒球部里的训练。在课上也没和他打过照面。"

"须田对北冈被杀的事说过什么吗？"

"没有，"森川摇了摇头，"我们没有谈过这件事。我一对他说以后可不好办了，他就只是回答我说总会有办法的。"

总会有办法的——他究竟打算干什么？高间思索着。随后他问道："须田的右臂被锯断一事，你也知道了吧？"

森川皱起眉头。"这是为什么？凶手为什么要做这么残忍的事情？"

"关于这个，你能想到些什么吗？"

"痛恨须田右臂的人太多了，但这是另一码事。"

高间回想起有个侦查员说过同样的话。

"你的房间里有锯子吗？"

"锯子？有倒是有……"说着，森川不快地皱起眉头，"你是怀疑我用那把锯子把须田的手臂锯了下来吗？"

"哎，别生气。我是为了调查，今晚我想去你家把锯子借来。"

森川一脸不悦地从裤兜里掏出钥匙，放在了高间的面前。"这是我公寓的钥匙，进了玄关，鞋柜上放着一个工具箱。你随便检查吧。"

高间的目光落在那串钥匙上半晌。"对不起。"他拿起钥匙，递给了一旁的小野，"钥匙马上就还给你。"

"队员们的家里也去了其他刑警吧？为了借锯子。"

高间没有回答，但确如森川所言。锯下须田武志右臂的那把锯子，只要看鲁米诺反应马上就能知晓。

"我换一个问题。"高间说，"魔球这个词能让你联想起来什么吗？恶魔的魔，棒球的球。"

"魔球？"或许是突然听到了一个意想不到的词，森川露出莫名其妙的神色，"这个跟案子有什么关系？"

高间向他说起了死亡信息的事，森川还是吃了一惊的样子，说对魔球这个词没什么联想。对于须田武志和北冈明用过这个词，他也表示完全没有记忆。

"为什么他们要留下这个词呢？"森川也疑惑起来。

接着高间又问了他昨天晚上是否在场。

似乎预料到了这个问题，森川脸上没有半点意外。"昨晚我一个人在公寓。"他说道，"这次是千真万确的一个人，所以没有证人。"

"你给谁打了电话，或者有谁给你打过电话吗？"

"昨天晚上没有。"

"接下来的问题可能比较奇怪。你公寓的电话号码,队员们都知道吗?"

"应该都知道,因为怕有要紧的事。但如果发生了什么紧急情况,他们一般会直接到我的公寓来,就跟北冈明一样。"

"到目前为止,你都没有给须田武志打过电话吗?"高间一边注意着森川的表情,一边试探。但森川的表情基本上没什么变化。

"没有。他家应该没有电话,而且想象不出他会找我商量什么事。"

"原来是这样。"高间点了点头。可即便如此,这也不意味着昨天晚上武志打电话找的人不是森川。

"我想向棒球部的成员问话,可以吗?"

"嗯,已经和他们说过了。我去叫他们过来。"森川说完便走出了房间。房门关上,他的脚步声渐渐远了。

"这个老师所处的立场很艰难啊。"刚才还一直沉默的小野小声嘀咕道,"他跟那个女老师之间的关系好像也成了问题。我们没有公开出去,但人言可畏啊。"

"怎么成了问题?"

"这在教育领域是不能令人接受的,确实如此吧? 据说其中一人可能会被调到其他地方去。"

"嗯……"

地方小,流言自然就传播得快。至于流言产生的原因,自然还是高间他们的调查行动。

然而即便没有传闻,如果他们结婚,也总有一方不得不离开学校。而高间做的只是必要的侦查工作。

但就算这样，不知怎么，他的心里总残存着一些东西，挥之不去。

因为有森川的协助，高间得以对三年级的棒球部成员一一问话。然而对这四个人——佐藤、宫本、直井、泽本——的询问，很遗憾没能得到任何线索。他们家中都有电话，但都说须田一次也没打来过。对须田可能打电话找的人，他们也回答说没有头绪。

当问到不在场证明时，他们全都说在家里。佐藤称和他父亲的朋友在一起，其他人则除了家人之外没有别的证人。

所有人都说对于案件没有任何线索。成员们虽然对杀人案有兴趣，但似乎都很厌恶被牵涉进去。

最后约见的是一个姓田岛的棒球部成员，听说是替补投手。他给高间留下了与之前见到的成员稍微不同的印象。至少，田岛对侦查工作还是尽力提供帮助的，他对武志的死也抱有遗憾。

虽然他持合作的态度，但并不等于能起到作用。因为他对武志的事也知之甚少。

"这么一盘散沙居然还能打进甲子园啊。"

高间无意间说漏了嘴，但田岛并没有露出不快的神色。"所以再也打不进去了。"他略显落寞地说道。

有关电话一事，他的回答和其他人一样，昨天晚上他也在自己家里和家人在一起。高中生晚上的不在场证明，大抵都是这样的。

高间问田岛对魔球这个词能联想到什么。对这个问题，先前的四个人似乎连想都没想，就回答说什么也联想不到。那个胆怯的棒球部成员泽本自言自语般低声说："须田的球本身就是魔球。"

这是对此唯一的看法了。大概是说武志的球厉害到了这个地步的意思。

到了田岛恭平——

"魔球就是说很厉害的变化球吧。"他判断道，"这跟须田的风格不符啊。"说完便歪头思考起来。他还说，须田的投球风格是靠快球拿下三振。

"其实，北冈的相册里也出现了同样的词。"高间说道，"相册里贴着一张在甲子园拍的照片，下面写着'我看到了魔球'。这究竟是怎么回事？如果单纯地去解释，就是北冈在甲子园里看见了那种被称作魔球的东西，对吧？怎么样，你还是没有什么其他想法吗？"

其他成员都是简单地回答一句"没有"，但即便到了这个问题，田岛看上去还是在认真地思考。接着，他口中重复着："在甲子园看到了魔球……"

"怎么样？"高间嗒嗒地敲着接待室的桌子问道。

或许是回想起了甲子园的事，田岛的目光变得深邃起来，但看他的表情，好像又被问话声拉回了现实。

"怎么样？"高间又一次问道。

"能让我稍微想想吗？"田岛说，"我想仔细回想一下那次比赛。"

"嗯……"

高间看着他说。究竟有没有线索，他无法判断，但目前还是不要催促为好。

"我知道了。如果你想起什么，请立即联系我们。"

高间说完，田岛露出稍微安心的表情，点了点头。

送走田岛之后，高间二人与在场的森川一同走出了接待室。

"虽然这么说很失礼，但我总觉得有些邪门。"高间一边走，一边坦率地表达他对见过棒球部成员们之后的感想，"我强烈地感觉哪里不太正常。"

"并非不正常。"森川痛苦地皱起眉头，"对他们而言，和须田在一起的棒球部生活就跟做梦一样，这也包括了在甲子园的那次出场。他们还记得这个梦，又直面着十分陈腐的现实，正在对其中的落差感到迷茫。"

"你也是吗？"高间问道。

"是的，我也是。"森川毫不迟疑地答道。

与森川道过别，高间二人走向接待处致谢。负责接待的女子正在打电话，从她接电话的情形来看，似乎是报社打来咨询有关须田武志一事的。今天中午，各家媒体应该就会蜂拥而至了。

等待的时候，高间环视四周，目光停在了窗边挂着的职员牌上。出勤者是黑色的，亮出正面；缺勤者则是红色的，背面朝外。高间若无其事地任视线游走，他看见写着"手冢麻衣子"的牌子翻到了背面。

是休假吗？

仔细一看，她并不是缺勤，因为那块牌子上面还挂着一块更小的牌子，上面写着"早退"两个小字。

早退？这究竟是怎么回事？

高间正觉得可疑，接待处的事务员挂断了电话。高间向她告知询问已经结束，随即离开了开阳高中。

4

高间得知须田武志并非志摩子的亲生儿子，是在这一日回到搜查本部之后。本桥一本正经地叫住他，告诉了他这个情况。这是负责调查武志家庭状况的侦查员听志摩子亲口说的。志摩子说并不是有意隐瞒，而是至今未有机会说出实情。

以下是当时谈话的内容：

武志的亲生母亲须田明代，是志摩子的丈夫须田正树的妹妹。明代是个在邮政局工作的平凡女子。在她二十岁时，不知与哪个男子发生了关系，怀了身孕。

当时还健在的明代的母亲以及正树向她询问男子的姓名，他们完全猜不到是谁，并认为如果是相互喜欢，那就要尽快登记结婚。

但不知为何，明代坚决不说那个男子的名字，声称现在不是说的时候。即便强行追问,她也只是从头哭到尾。

正树他们正纳闷这是怎么回事时,有一天,她离家出走了。她的去向无人知晓。因为没有带大件行李,想来应是跟那个男子在一起。可她却没有留下半点线索。

"也就是说,他们私奔了。"本桥说道,"据志摩子小姐说,有流言说对方是个年纪很大的男子,究竟真相如何却不清楚。他们彻底隐藏了起来,总之就是这样,两个人消失了。"

"消失了?后来呢?"高间问道。

"一时间杳无音信,消息传来是五年之后的事了。那年正树家收到一张明信片,上面写着希望他前去接回他妹妹。"

"请速来接回令妹"——明信片上只写着这么一句。正树急忙出了门。明信片上的住址是房总半岛顶端的一个小渔村。因为仅靠渔业无法生存,这个渔村的人还要靠制作竹制品补贴家用。

明代就在那个村子里。

正树赶到的时候,看到明代睡在脏兮兮的被子里,身体消瘦。附近的一个女人照顾着她。据这个女人说,明代这阵子身体一直不好,除了水和粥之外什么也吃不下去。而正树收到的明信片,正是这个女人寄出的。

明代见了正树,瘦长的脸上绽出喜色,正树要她和自己一起回家,她流着泪点了点头。但问起那个男子在什么地方,她始终没有回答。

住在附近的女人悄悄跟正树说起了那个男子的事。男子先是一周只回来一次,这样的日子一过就是三年,大约从两年前开始,他就不怎么来了。明代只得靠编制竹笼之类的副业维持着生计。屋子里确实散乱地放着做到一半的竹笼和工具。但几年来的生活并不是暗无天日。明代的孩子已经四岁了,是个男孩,瘦弱但很活泼,正树来这里的时候,他还在附近的河边扔石子玩。

"那孩子就是武志吧?"高间问道。

"正是。明代和武志被正树带了回去。因为正树的家中本来就有了志摩子和勇树,这一下就变成了一个大家庭。而能够出去劳动的只有正树一个人,明代又病了。虽然只是一小段时间,过的却是颇为拮据的生活。"

"只是一小段时间……这是……"

"很快明代就死了,是自杀。"

"……"

"她留下一封遗书,嘱托他们照顾武志,随后割腕而死。"

"于是正树就收养了武志?"

"正是如此。然而两年之后,正树也因事故去世了,只能说他们太可怜了。"

高间缓缓摇了摇头,本想抒发一下感想,脑子里却浮现不出恰当的话语。

"武志和勇树知道这件事吗?"

"应该是知道的。听说志摩子哭着说,即便是亲兄弟也难得如此亲密。"

高间回忆起兄弟俩的脸庞,他还记得第一次见到勇树的时候,他说过他们长得真像。然而他们相像并非因为他们是亲兄弟,而是表兄弟,那时候的勇树看上去很高兴。

"怎么样?"本桥向高间问道,"这段身世与这个案子,或许会有什么关系吧?"

"不知道。"高间低下了头,接着说,"这是我的个人意见,我不希望会有什么关联。这太让人沮丧了。"

"我也有同感。"本桥重重地点了一下头。

可是……高间心想,即便是与案子没有直接关系,或许也无法避开这段插曲。原因就在于,正是这样的境遇,才造就了天才须田武志。

5

翌日下午,小野收集了一些有关魔球的资料。这应该是从他的熟人、一个直到去年夏天都在东京做体育记者的男子那里得到的。

"说起魔球,现在无论怎么说,好像都是指小山的曲线球。"小野鼻孔微张。

"你说的小山,是阪神队的吧?他不是个快速直球投手吗?"高间还记得,前年阪神队凭借小山的强速球获得了冠军。

"小山今年起转到了奥利安队。当然他投出的球速度还是很快,只是大概从去年开始,他也投曲线球了。第一次投曲线球据说是在昭和三十三年跟红雀队的比赛上。这种球速度快,控球又很稳,还是曲线球。今年他们赢了三十场比赛。"

"嗯。"

"然后是阪神队的外国投手巴奇的蝴蝶球,球速很快,而且无法预测球路。他的手指很长,五指被人说成是五条蛇。他今年打得也很不错。接下来应该是村山的叉球了吧,不过说起叉球,首先该说杉下,这已经是十年前的事了。"

"请打住。"高间挠着头说道,"你现在说的好像跟杀人案没什么关系吧,虽然听起来很有趣。"

"啊……真对不起。"小野低下头,视线集中在了记事本的纸页上,"我也问了一下高中棒球界的情况,最近好像没有出现魔球之类的话题。"

"是吗……"高间一只手托着下巴,在桌子上的纸上写下了"魔球"。

其实侦查会议中出现了一个问题:"マキュウ"这几个字是谁写的。至今为止侦查员们都认为这是须田武志所写。有说法指出,这不一定是事实。

首先,如果是武志所写,那就有一个疑问:究竟是什么时候写的?如果是腹部被刺伤之后写下的,又存在疑问:那个时候凶手在干什么?如果武志在地面上写了东西,凶手理所应当会阻止武志或把字擦掉,至少不会坐视不管。

也不能设想武志是在凶手离开之后写下的。因为凶手离开是在锯断武志的手臂之后，那个时候武志应该已经死亡。

这样一来，如果字是武志所写，那就是在凶手出现之前写的。他为什么要写这个？难道他预感到自己会被杀，事先就留下死亡信息？很难想象会是这样。

通过以上分析，"魔球"的字迹，恐怕是凶手留下的——这一看法变得非常具有说服力。凶手的目的还不明确，有人指出，这或许代表凶手憎恨须田武志。或许就是这样。

如果是凶手写的，那即便是追究这个词，也不会找到真相。因为凶手不会留下给自己带来危险的信息。

高间看着纸上写的"魔球"，用铅笔尖嗒嗒地敲着，他困惑是否要对这个词追查到底。

这天晚上，高间接到了森川的电话。棒球部的成员田岛来了，说是有话想对高间说。

"有什么事要跟我说？"高间问话的时候已经抓起了上衣。

"我还没有问他。总之说是关于魔球的事。"

"我马上到。"高间胡乱挂上电话，飞奔出了屋子。

高间来到森川的公寓，田岛恭平正一脸严肃地等着他。见到他，田岛急忙低下了头。

"锯子的事情查清了吗？"森川一面给他让出坐垫，一面问道，语气里似乎带着一丝嘲讽。

"没有,什么线索也没发现。给你添麻烦了。"高间坦承。

他们从森川和棒球部成员们家里借来了锯子,却没有发现可疑的地方。

现在搜查本部里更令人信服的看法是,凶手使用的锯子并非现成的,而是为了实施犯罪购买的。就这一点,已经有几个侦查员对附近的刀具店进行了调查。

"那么,要跟我说什么?"高间问道。

田岛舔了舔嘴唇。"嗯……也不是很大的事情。有可能是我完全看走眼了。"

"没关系。如果切中了要害,案子马上就可以解决了。"高间特意用轻柔的语气问他,"听说是魔球的事?"

"嗯。昨天被您问过之后,我一直在想这个问题。那个时候,您说过北冈的相册里出现'我看到了魔球'这句话。其实,我当时想起了一些东西,但因为不够确信,昨天没有说出来。"

"不论是什么,请尽管说。"高间的表情也温和起来。

"其实,我记得那天须田投出了一个奇怪的球,仅此一个。"

"奇怪的球?"

"就是那场比赛的最后一球。"田岛说。

"是那记暴投吗?"森川在一旁插嘴道。

高间也想了起来。

"是的。"田岛点点头,"其实比赛之后我问过须田最后一球究竟是怎么回事。他控球能力那么好,在那种局面下居然会出那样的事,我实在无法相信。须田的回答是,那只是手不听使唤罢了。但我不能认同,虽然我不太清楚是怎么回事,但那个球好像在本垒板前突然就落下去了。须田可从来都没投过这种球。"

"你的意思是,那个球是须田新学会的,这可能就意味着魔球?"

"是的。"田岛答道。

高间似乎在征求意见一般,看着森川。

森川稍事思考。"可能是这样。"他说道,"那次比赛之后,我也向北冈问起过。我问他当时须田向他示意了什么,但北冈没有明确回答。我又不敢因他的失败而责备他,就没有再问了。但这两个人都心照不宣地对当时那一球含糊其词。"

"或许是须田一直在练他的新球技,而在那场比赛中试投了一次。他是干得出这种事的人。"田岛问道。

"那么,陪他练习的就是北冈?"森川问道。

"不,应该不是。"高间否定道,"北冈的相册里,在选拔赛的照片下写的是'我看到了魔球'。从这句话来看,北冈第一次见识到这个球,应该也是那个时候。"

"是吗……这样一来,须田就是在独自练习那种球技了?"

"不,不是这样。"田岛用充满自信的语气说道,"我听说须田一直在神社里和北冈进行秘密训练。他们肯定也练过那种变化球。"

"他们确实在神社里训练过,但那是在选拔赛以后。"高间说道,"在那之前,须田都是独自在练习。北冈的母亲和须田本人都是这么说的。"

须田武志在选拔赛上第一次试验了那种变化球,而看见这球的北冈在相册里记下了"我看到了魔球"。自那之后,两个人决定一起练习魔球——看来就是这样,高间在脑中架构着整件事的来龙去脉。

田岛却是一副无法赞同的样子,低下了头。"确实不是那样。"他断言道,"佐藤跟我说过,在一个下雪天里,他看见须田在石崎神社里训练。选拔赛之后一直没下雪吧?而且当时还有接球的声音,从这点来看,他不正是和北冈在一起吗?"

"哦?"森川疑惑地看着高间,"这是怎么回事?"

"佐藤说了须田的训练搭档是北冈吗?"高间向田岛问道。

田岛一时不知如何回答,摇摇头,说:"他没这么说过……可除了北冈也想不出其他人了吧?"

高间看着森川。

森川耸了耸肩,答道:"我也想不到其他线索。"

"佐藤家离这里远吗?"

"没多远。"

"给我画一下路线。"高间撕下一页纸,放到了森川面前。

他的呼吸变得急促起来。

如果不是北冈,究竟是谁在接武志的球?

6

武志的尸体被发现两天后,须田家附近的集会所里为他举办了葬礼。因为费用方面的关系,葬礼很简单,然而参加的人很多。

勇树站在集会所的门口,对前来祭奠的人低头行礼。武志的同学自不必说,勇树的朋友也来了许多。他向这些人逐一诚挚地致意:"谢谢了。"

由森川带头,好几个老师也来了,手家麻衣子的身影也在其中。麻衣子穿着黑色的连衣裙,看上去有几分紧张。她和森川的关系现在成了开阳高中里的一大话题,还有传言说好几个学生家长都向校长表示过不满。她昨天缺勤,前天又早退,好像净是些说她在职员室里被嘲弄了的传闻。

勇树看着她从面前走过,燃上香,然后合上白皙的手掌。她合掌的时间似乎比别人长了一些。当她走过勇树面前要出门时,勇树再次对她说道:"谢谢您!"她轻轻点了一下头。

葬礼结束后,高间不知从何处出现了,对勇树说有些事想问他。勇树回答说,只要时间别太长就行。于是高间把他带到了一条避开众人视线的狭窄小路上。

"这盒子里是什么?"高间首先问起勇树手中拿着的木盒子。

"这是我哥的宝贝。"勇树回答道。

"能让我看看吗?"

"可以。"勇树打开了盖子。里面有一个护身符和一个用竹子做成的人偶,还放着一个钳子一样的东西。

"这是我哥亲生母亲的遗物。"勇树解释道,"我想让他在天国的妈妈也来参加他的葬礼,所以拿过来了。"

"原来是这样……"高间挠了挠鼻尖。

"您要问我的问题是什么?"勇树盖上木盒的盖子,问道。

"嗯……我想问问有关你哥哥每晚去神社训练的事。有跟他一起训练的搭档吗?"高间问道。

"搭档不就是北冈学长吗?"

勇树之前曾听这个刑警跟武志谈过话,好像说的就是这件事。

"不,北冈除外。我说的是在选拔赛之前。"

勇树摇了摇头。"我之前也说过,关于棒球训练的事,我哥什么都不跟我说。"

"哦……果然是这样。"高间露出一副失望的表情。

"可是,为什么您要问这个呢?难道除了北冈学长,我哥还跟别人训练?"

被这么一问,高间脸上明显掠过一丝不快。"不,我只是问问。"他含糊其词,又说道,"我再问个让人摸不着头脑的问题,行吗?"

"可以啊。"勇树说道。

"最近,你哥哥有没有说起过变化球?"

"嗯？"

"我是说变化球，投手投出的一种曲线球。"

"真是个让人摸不着头脑的问题啊。"

"所以我一开始就打过招呼了。怎么样呢？"

勇树不得不重复一遍刚才的话："我哥基本上不跟我谈棒球的事。"

高间满脸失望却又无可奈何。武志的棒球生活是怎样度过的，勇树全然不知，现在却是再也无从知晓了。

"是魔球的事吗？"

高间对勇树的提问点头回应。"我们目前的推理是，或许你哥哥在练习某种新球技，把它称作魔球。至于这之间有什么关联，现在还不明确。"

"嗯……"勇树似乎想起了一些事情，说道，"我哥居然会练习变化球，真难以置信。"

高间一脸不可思议的表情问道："为什么？"

"因为我哥打算靠快速直球打入职业棒球界。他曾说，高中生要跻身职棒，不会投变化球也没关系，还说以勉强能打曲线球的水平，蹩脚地去学其他球技而忽略了基本的投球姿势，那才叫愚蠢。而且，球探们好像也说过，高中时期只要好好投直线球就行了。"

"球探？"高间的眼睛睁圆了。从他的表情看，这应该是他第一次听到这个词。"你说的球探，是职业俱乐部的吗？"

"是的。"勇树答道。

大概从武志上高二的时候开始，某个驻东京的职业棒球俱乐部的球探就经常造访须田家。他很早之前就看中武志了。他并没有劝武志加入,只是说说职业棒球的运作机制之类的事就回去。那个时候他给了武志一些建议。

"请您对这件事情保密。虽然我不清楚会怎样,但如果大家知道我哥和职业棒球界的人接触过,可能会招致许多问题。"

"这个我知道,这可能是违反业余运动规定的。那么,你哥哥打算加入那个俱乐部吗?"

"我不知道,因为他总是说,只要是职业棒球俱乐部,哪个都无所谓。"

在勇树的记忆里,武志从来没有为某个特定的俱乐部加油助威过。在棒球上赌上青春的武志却没有喜欢的球队,这也是件怪事。看来对武志来说,职业棒球界是他的就业目标,而球队之间的差别,他或许只认为与同一公司里部门间的差别类似。

"那个人多长时间来一次?"高间问道。

"大概三到四个月吧。今年二月来了一次。"

"嗯……你还记得那个人的名字吗?"

"我记得姓山下,身材特别高大。"

"可能以前是个棒球运动员吧。"

高间的问题到此为止。在分别前,他突然醒悟般说道:"你哥哥真是个为做棒球运动员而生的人啊。"

"的确如此。"勇树回答说,"我哥就是为做棒球运动员而生的。"

高间点了两三下头,慢慢踱步离开了。而接着刚才的那句话,勇树在心中喊着——是的,我哥就是为做棒球运动员而生的,不是为了惨死在树林之中!

我要知道真相,无论如何都要!勇树强烈地期望着。

7

时隔多天,勇树和志摩子终于在一起慢慢吃了一顿晚饭。自从武志死后,他们就没有安稳下来的时候。

吃到一半,志摩子停下了筷子,呆滞地看着隔壁的房间。

"怎么了?"勇树问她,也朝那边看了过去。

志摩子没有马上回答,而是保持这个姿势待了半晌。"我在想,那件球衣,已经没有必要再洗了……"她拢起微微散乱的头发说道。

武志那件洗好的球衣挂在隔壁的房间。背面是"开阳高中队1号",膝盖的部位已经磨得有些薄了。

我会自己洗的——武志老是这么说。说什么呢,有这个时间你肯定去训练了——这是志摩子对此必答的一句话。

"妈妈,"勇树唤道,"哥哥对你一直很感激。"

志摩子略带迷茫地移开了视线,唇边泛起一丝笑意,低下了头。"傻孩子。"她低声说道。不知她说的是勇树还是武志。"我只是想一家人和和睦睦,开心地活下去就够啦……"她又问勇树:"你一直都不快乐吗?"

"快乐呀。"勇树答道。

"是嘛。妈妈也很快乐……"志摩子说着,目光又低垂了下去,用手边的布手巾按住了眼角。

吃过晚饭,玄关处的门上响起了叩击的声音。刚收拾完餐具,正用抹布擦矮桌的勇树,跟站在厨房的志摩子对视了一下。这个时候应该是不会有访客的。

勇树马上想到了山濑。那个死皮赖脸的男人这种时候来要账也不是不可能。山濑不知为何不敢跟武志打交道,现在对他来说已经没有碍事的人了。

"来了。请问是谁?"志摩子不安地问道。她大概也觉得会是山濑。

"这么晚了实在不好意思,"是个男人的声音,却不是山濑。"我姓竹中,有样东西务必要交给您,打扰了。"

志摩子朝勇树看去,眼神示意他是否认识。勇树摇了摇头,竹中这个姓他听都没听过。

她打开玄关门,只见门外站着一个穿着丧服的男子,大概五十多岁,体格健壮,脊背绷得直直的,头发斑白,面庞轮廓深邃,给人留下很深的印象。

"突然造访实在抱歉。"说完,男子低下了头。他行礼的姿势十分标准,身板依旧挺得笔直。"我以前跟须田正树先生一起工作过,受了他很多照顾。其实我本想更早就来拜访的,只是因为尊府乔迁,一时失去了联系。"

"那您是电气工程公司的?"

"是的。"竹中回答道。

"啊,这样啊……"志摩子明白过来,"您请进。不好意思,这里实在狭小。"她招呼竹中进来。

竹中脱下鞋走到屋里,面对角落里放着的武志的骨灰正坐下来。"我是从报纸上得知这件事的,而我同时也知道了尊府的地址。"竹中解释完,又低下头说道,"真是意想不到,还请节哀。"

志摩子和勇树也正襟危坐着回礼。

接着,竹中得到志摩子的许可,给武志上了线香。对着武志的骨灰,他双手合十许久。勇树看见他正口中念念有词地低语些什么,但听不见。

上完香,他又面向志摩子,从怀里拿出一个白色信封。"我从须田先生那里得到过好几次金钱上的帮助。我一直想着什么时候必须回报这份恩情。请您无论如何都要收下这些。"

"不,我们素未谋面,受此大礼实在……"

志摩子意欲退回,竹中却摇着头递过信封。"这只是归还我借来的东西罢了。我想哪怕是能当作武志的奠仪也好。"

"可是……"

"请不必介意。"竹中接着大略环视了一下屋内,便站了起来,"那我这就回去了。"

"茶都已经泡好了。"志摩子慌忙伸出手说道,好像要阻止他。

"不了,接下来还有件事不得不办,今天晚上我就先告辞了。"

"那能不能告诉我们您的联系方式？"

志摩子说完，竹中稍事思考后说："好吧。"他拿出了一个记事本，在上面写下了联系方式递了过来，字写得十分漂亮。"那我就告辞了。"

竹中在玄关前面再度低头行礼，脚步声渐渐远去。

待脚步声消失，母子二人再次相对而视，总有种莫名其妙的感觉。那个男子究竟是什么人？

勇树把信封拿到面前，看了看里面的东西。他想，这会不会是一场恶作剧呢？

然而，看到里面的现金，他吃了一惊。"妈妈，不得了啊！这里面有三十万。"

"什么？不会吧？"志摩子凑到了旁边。一万日元的钞票，一共三十张，一点没错。"勇树，你快追上刚才那个人，再仔细问问。"

"知道了。"勇树飞奔出家门，朝那个男子离开的方向跑去。再怎么蒙受照顾，三十万也给得太多了。

但勇树没能追上那个男子，或许他是坐车来的。勇树折返回家。

"这该怎么办呢？"看着钱，志摩子露出迷茫的神色，"还是明天跟这个人联系一下吧。这么多钱，我们可不能收。"

"收了应该也没关系吧，"勇树说道，"有了这些，我们不是可以还清欠山濑的钱了吗？这样一来，我们也不用想着这些讨厌的事了。"

他们从山濑那里借了十万日元。让勇树感到厌恶的是,山濑以欠款为借口,对志摩子垂涎三尺。在志摩子不上班的日子里,勇树从学校回到家,好几次都看到他堂而皇之地走进家门。

"道理倒是这样。"志摩子的脸上浮现出为难的表情。

"总之,先把山濑那浑蛋的钱给还了吧。接下来的事,以后再考虑也行。我这就去还钱。不早点的话,那浑蛋一定又会来的,他准会想反正哥哥已经不在了。从今以后就该由我来保护妈妈。"勇树把手搭在志摩子的肩上说。

"谢谢。我没事的。"说完,志摩子又低下头看着信封,"那个人究竟为什么……"

8

从勇树那里得知职业俱乐部球探一事的次日一早,高间来到了那个棒球俱乐部事务所的接待室。因为对方十分忙,本来以为不会马上就见到,但高间打电话预约时,对方一听是有关须田武志的事情,立刻就答应了。

高间取出一支喜力香烟吸了一口,环视着室内,墙壁上贴的是运动员的挂历和日程表一类的东西。

石崎神社里跟武志训练的搭档,除了北冈还有一个人,应该是确有其事。佐藤看见武志训练是在选拔赛之前,而与武志练球的搭档是不是北冈尚未可知。而且，从下着雪这个情况来看，虽不能确定那一天的具体日期，但据北冈的母亲说，那一夜北冈应该是在家里。

那么，须田武志究竟是在与谁搭档训练呢？

如果这个训练与魔球有关，那练球的搭档一定非常重要。

只是，勇树说武志这个时候不可能会练变化球。这个看法也耐人寻味，而且这是球探的建议。为了询问此事，高间来到了这里。

高间吸完第一支烟的时候，门打开了，随即眼前出现了一个庞大的身躯。

男子一身灰色西装，躬身致歉道："对不起，我来晚了。"这声音能让人感觉到他的肺活量之大。高间站起身，郑重地行了一礼，与对方交换名片。从名片上得知，这个男子名叫山下和义。

山下近九十公斤的身躯往沙发上一沉，说："听说是须田的事情？"他目光严肃地看了过来。从这双眼睛里，似乎能够窥见他对须田武志的追忆。

"我从须田勇树那里听说了你的事，"高间说道，"他是武志的弟弟。"

"我知道，看上去是个很聪明的孩子。"

或许因为身形庞大，移动起来容易出汗，山下取出手帕在太阳穴附近擦拭着。他的鼻尖上也渗出了汗水，给人留下精力充沛的印象。

"案子的事呢？"高间试着问道。

"当然已经知道了。我还想,自己或许能见到警察呢。"山下双臂环抱,像是在晃动般摇着头说道,"真是让人震惊啊。我都无法相信,眼前突然一片漆黑。"

"你和须田的交情如何?"

山下听了,目光唰地移开,仿佛沉浸于冥想之中,慢慢地闭上了眼睛。

"须田武志,本来可以是日本棒球史上屈指可数的天才。我见过许多著名的投手,现在也正为寻找优异的投手在国内奔走。但拥有那样完美能力的运动员可不多见。差不多可以说,二十年才能出现一个。他的球速和控球能力自不必说,那种球感,还有冷静的性格和强韧的精神力量,都说明他简直就是金蛋。"说到这里,山下睁开了眼,看向高间,"说实话,我在他读高中一年级的时候就注意到他了。我想着非挖到他不可。对我们的球队来说,像他那样的人是十分必要的。于是大概从去年夏天开始,我开始跟他秘密地进行接触。如果公开了肯定会招来麻烦,所以我做得很小心。"

"你说的接触,具体是什么?"

"并没有做什么很特别的事情,只是见个面说说话而已,因为比这进一步的事是不允许的。可是就我而言,让他在脑中稍稍记一下我们球队的名字应该是可以的吧。许多孩子都希望能加入巨人队,所以我们也不能无动于衷。优秀的运动员可都在巨人队!"

"哦,巨人队吗?"

"巨人、大鹏、煎蛋卷"①，高间想起了这个说法。但是从勇树的话中得知，武志并没有特别喜欢的俱乐部。高间说了这个情况，山下点了点头。

"正是这样，须田原本就有十分强烈的加入职业球队的志向，给人的感觉是，只要是能给他很高评价的俱乐部，去哪儿都成。虽然那些说非巨人不去的人让我很头疼，但像他这样去哪儿都无所谓的也让我左右为难。与其他俱乐部之间的争夺是可以预见的，从这个层面来看，我便想时不时出现一下，或许可以多挣几个筹码。"

每年到了秋天，那些活跃在业余棒球界的运动员的去向都会令人瞩目。有关哪个运动员在哪个俱乐部里崭露头角，职业棒球的球迷也跟着一起有喜有忧。

"那么他的想法是怎样的？有倾心你们俱乐部的意思吗？"高间问道。

山下仿佛陷入了沉思，伸手托住下巴。"不清楚，"他低下了头，"他什么也没说。"

"也就是说，你没能得到什么积极的回应？"

"倒不如说，归根结底他的想法比我们想象的还要明确得多。他并不是单纯的憧憬，而是想把这个当成将来的职业。"

山下又说了一件小事：最后一次见到武志的时候，他还被武志

---

① 二十世纪六七十年代让日本青少年津津乐道的三样东西。"巨人"是一支实力强劲的棒球队的队名，"大鹏"是一名知名相扑运动员的名字，而"煎蛋卷"则是家庭主妇为孩子们在便当中准备的食物。

拉着做了一笔交易。

"你说的交易,是钱方面的吗?"

高间还记得,他也在报纸上读到过这样的事:在职业棒球俱乐部对有前景的新人的争夺战中,新人入会的契约金会水涨船高。今年的红人,除了死去的须田武志之外,还有庆应大学的渡边和下关高等商业学校的池永,据说如果包含好处费在内,每个运动员拿到的钱都应该不低于三千万日元。这是高间想都想不到的数目。

"也跟钱有关。他要求拿到与今年新人入会最高金额相同的数目。不过,我只是有些意外他连这种事也要确定,倒也没有特别惊讶。对我们来说,这笔钱不说出口我们也是打算出的。只是他问我们,能不能现在就确定这个包括金钱条件在内的假想契约。"

"假想契约?"

"它也算具有法律效力。这是很仓促的。这种时候接触他本身就违反了规定,所以书面上的东西是不可能的。于是我对他说不用担心,我们本来就打算要他,契约金也会按照他所希望的金额给他。"

"他怎么说?"

"他说,这样的口头约定不可靠。如果到时候出现了比他更好的运动员,或许我们就不会这么希望他加入了,这样一来,契约金自然要降下来。"山下叹了口气,"我本来就没有天真地把他当成一个孩子来看,但还是吃了一惊。为了取得他的信任,我露了好几回脸,结果却没有拉拢他的心。别说拉拢了,就连碰都没碰到……"

果然是个不得了的少年,高间再次叹服。能投出精彩的球已经很出色了,在精神方面的顽强劲头也不在等闲。很难想象他与近来那些随处可见的孱弱的年轻人是同一代人。或许正是他不幸的成长经历铸成了这样的韧劲。

"那我问个奇怪的问题吧。"高间问山下有没有听说武志练习过什么新的变化球。

"没有,从来没听说过。"山下马上就否定了,"我对他说过,要他目前还是以自然的姿势投球,循序渐进。投球要么是直线球,要么是曲线球,二者只要择一就行。我告诫过他,那些依靠手指投球的技巧绝对不能练。"

这就是说,武志擅自绕开了山下,练会了魔球。他为什么要这么做?难道并没有特别的理由,只是想拓展一下投球的种类吗?

之后,高间又问山下能不能想到什么有关案件的线索。山下的回答不出所料:"这倒是没有。"不过高间在起身时他又说道:"须田给我留下的最深的印象,是他孤独的背影。当我得知案情的时候,最先浮现出来的就是那个背影。到头来,他还是背负了这样的命运啊。哎,这不过是些无益的感伤罢了。"

"我们会参考的。"高间说道。

出了俱乐部的事务所,高间往搜查本部打电话,本桥接了起来。高间被问起调查进展,便回答说虽然不知道有没有用,但听到了一些值得玩味的事。这是他发自内心的想法。

"是吗?可能是这样吧。先不说这些,我打听到了两个信息。一个是关于锯子的,在樱井町的刀具店里,二十三号晚上有人买了一把折叠式的锯子。"

"哎?"

二十三号正是武志被杀的前一天。

"可惜店主并没有记住顾客的相貌。另一个是有人看到过武志在神社练球时的搭档。"

"什么?真的吗?"高间情不自禁地在声音里掺进了几分力气。

"真的。从目击的时间在二月份来看,那个人一定不是北冈。"

"那会是谁?"

"还不清楚,"本桥说道,"不过根据目击者的话,即便从年龄上来看也不会是北冈,而且还有一条有力的线索。"

"什么?"

"武志的搭档拄着拐杖。他只有一条腿。"

"一条腿……"

"我们正在核实县内与棒球相关的人,你也赶紧回来。"

"我知道了。"高间猛地挂上了听筒。

追踪

1

下课铃声响起,教室里立刻洋溢出解放的氛围。刚才还在田岛身边打瞌睡的学生,神采奕奕地收拾起了东西。

田岛出了教室,在活动室换上球衣朝图书馆走去。他借了一大堆考试的参考用书,而借期已经过了。

能用来学习的时间可能要变少了。走在前往与教学楼分立的图书馆途中,田岛想。

须田武志不在了,田岛自动地——确实用"自动地"这个词很准确——被标上了王牌投手的号码。至今为止的公开赛里,他从没投过球,而从现在开始,他都要在全部比赛中首发上场了。这是因为武志的不幸而得到的,虽然并没有什么可喜的地方,他也没有什么不好的感觉。

图书馆的事务员是一个戴着三角形眼镜的女人,外号叫"歇斯底里"。她看见田岛还回来的书已经过了借阅期限,便和惯常一样,送了他一个大大的白眼。

"不守时就是给我添麻烦。添大麻烦哦,净增加我的工作量。而且呀,还有人等着你手上一借不回的书呢。你心里想过这些人吗?"

"对不起。"田岛低下了头。

"在道歉之前,还是先穿整齐点吧。真是的……你是棒球部的吧?运动社团的人都是这副德行。书也不好好爱护,用脏手去摸,走路还发出声音来,真是伤脑筋。"

田岛觉得她说得太过分了,一语不发。如果这时说些蹩脚的话,只会延长她的说教,自讨没趣。

事务员说了一会儿,突然停住了。本以为她这些琐碎的话终于说尽了,她却换了一副比刚才稍稍温和的表情看着田岛。"你既然是棒球部的成员,该认识北冈吧?"

"啊。"

田岛正疑惑她为何突然说出了北冈的名字,事务员已从桌子下面抽出了两张黄色卡片。

"这里写着的几本书,是北冈借了一直没还的。不好意思,你能帮我联系一下北冈的家人吗?"

"您说联系……是要我去北冈的家里要回书,然后拿到这里来吗?"

"是的。能拜托一下你吗?"听她的语气,好像在说:你平时给我添了这么多麻烦,这点小事也该为我办到。

"这……"田岛拈起卡片,只见上面写着借书人的姓名,好像是几本没什么人气的书,基本上没有人借过。书的名字——他的目光投上去的时候,霎时间有种意外的感觉,因为这是些稍微特殊的专业书。但他马上就发觉这并不值得意外,他想北冈这样的人或许是会看这种书的。

"拜托你尽量早点办好。"

"好……"田岛记好书的名字,接着走出了图书馆。

走到操场,他发现基本上所有成员都聚在一起。一年级的人在地上画白线和平整地面。再一看,连记分牌都拿出来了,在写球队名的地方分别写着"红"和"白"两个字。

哎!田岛撇了撇嘴,叹了口气。看来又是红白对战了。须田被杀后,训练暂停了一段时间,等到再次开始的时候,红白对战就盲目地多了起来。而且这并不是为了锻炼一年级的成员,也不带有练习投接球姿势的意味,只是漠然地进行比赛罢了。

"虽然红白对战是很好,但稍微系统一些的训练不是更好吗?"田岛一看到新队长宫本就对他说道。

一旁的佐藤代答道:"昨天可是搞了一天的打击练习。"

田岛的心情变得更差了。

"说是打击练习,还不是让他们按各自喜欢的姿势来挥棒吗?要做一些更加基础性的训练才好。一年级的学生连硬球都没习惯呢。"

"我们考虑了一年级的情况。"田岛转头寻找身后声音的来源,发现是直井走了过来。"今天比赛完了之后还打算让他们击球一千次呢。愉快地打棒球只是一句口号，必须做的还是要认真做好。"

"击球一千次没什么意义。"田岛反驳道，"这不就是单纯的虐待式训练吗？你们是要让那些连基本功都不会的一年级学生陷入雨点般密集的球海里。"

"反复练习是很重要的嘛。"

"对那些累趴下、动都动不了的家伙击球，就是反复练习吗？太愚蠢了。无论怎么看，这都只能理解为是击球人为发泄压力而做出的行为。还是说，欺负一年级的成员也是愉快打棒球的一个环节？"

田岛刚说完，就被直井抓住了衣领。直井侧过脸斜视着他，但田岛并没有移开目光。

"住手！别为这种无聊的事打架。"佐藤让直井松开手，宫本也走到两人中间。

"最先找碴的是田岛！"直井愤怒地说。

"我知道。你还是先冷静点吧。"说完，佐藤朝田岛走了过来，把手搭在他肩上，"听着田岛，你现在是王牌投手，别在无聊的事情上操心了，只要考虑提高自己的能力就行。红白对战也没你说的那么不好，既能作为一种贴近实战的练习，又正好磨炼一下投球的技术。"

"我不是说红白对战不好。"

"还想让他们做一些系统的训练，对吧？我知道。我已经想过这一点了，总之今天的事你就放过去吧。"

佐藤似乎要把他撵走一般，往他背上推了一下。田岛不知为何无端地生起气来，不想就这么一走了之。他这么生气，大概是觉得北冈和须田构建起来的东西全都被他们践踏了。但再在这上面争论肯定也不会有什么进展，田岛于是作罢，准备走开。这个时候，直井从后面说道："田岛，你应该明白吧？王牌投手谁做都无所谓，没有你也一样。我们已经不是从前那支球队了。"

田岛站住，转过头去。直井不顾佐藤和宫本等人的阻拦执意喊道："其他学校对我们已经不屑一顾了。开阳队已经没有须田了！你知道其他学校的浑蛋怎么说这次的案子吗？他们说，须田的右臂没了，开阳队就什么都没有了，失去右臂的须田，变成幽灵都没什么好怕的。我虽然觉得惋惜，但就是他们说的那样。我们什么都没有了，全部都完了！"

喊了一通之后，直井甩开佐藤等人的手，朝活动室跑去。佐藤和宫本他们并没有追上去，只是不快地低着头。

田岛沉默不语，又迈开了步子。一年级和二年级的成员都一脸担心地看着他。

什么都没有了……是吗？

我知道这是事实，田岛心想。正因为知道，才不想就这样结束。如果就此结束，甚至连我们自己的青春，都要跟须田的右臂一样，消失在某处不为人知的地方——

紧接着，田岛脑海中闪过一样东西。一个想都没想过的角落里跳出一个词，那个词开始联结起各种各样的回忆。

没有右臂的须田……

田岛惊觉到了什么,停住了脚步。

图书馆……对了,是北冈从图书馆借的那本书。

田岛不顾一切般跑开了。

2

与须田武志搭档训练投球的那个独腿男子——发现这个人的,是一直在调查武志少年时期打棒球情况的小野。据小野说,武志在小学的时候属于一个叫"蓝袜子"的球队,而从去年到今年,在那里任教练员的是一个姓芦原的男子,他右腿残疾。

"从去年到今年?那他跟武志有直接的关系吗?"和高间一起听取报告的本桥问道。

"据那里的领队说,最近,须田武志时不时会到那个球队露面。所以他应该跟芦原见过面。"

"最近开始露面,这就是线索了吧。"

高间说完,本桥点头问道:"这个芦原是什么人?"

小野用手指沾了点唾沫,翻开记事本。"他原先在一支由公司职员组成的棒球队当投手。后来遭遇事故,一条腿伤情恶化,就干脆向公司辞职了。据说刚当少年棒球队的教练员时,他终日无所事事。"

"由公司职员组成的棒球队?他是哪家公司的?"

"东西电机。"小野回答道。

"东西电机？这可是这个地区最好的企业了。"

"他现在人在哪里？"高间问道。

小野摇了摇头。"失踪了。虽然他的住址已经查明。"

"这个男人很可疑啊。"本桥靠在椅子上，再次跷起二郎腿，"他什么时候失踪的？"

"据说可能是三月底或者四月初的时候。"

"芦原为什么要辞掉少年棒球队技术指导的工作？"高间问道。

"这件事很奇怪。听说是孩子家长提出的要求。他们说不能把孩子交给一个没有正经工作、成天游手好闲的男人来管。而且领队和教练员两个人都进行指导，孩子们说不定也会感到迷惑……不过老实说，他是不是借着当教练员的幌子，死乞白赖地要酬金呢？"

"嗯，是不是这么回事呢？"本桥一副不太同意的表情，"总之，先到芦原住的地方打探一下。"

"明白。"高间回答道。

"啊，下面再讲一件怪事。你知道一个经常出入须田家、姓山濑的人吗？"

"山濑？啊……"高间马上想了起来，"是那个自称志摩子借了他钱的钢铁厂老板吧？"

"是的。听住在附近的人说，他一直以欠款为要挟，强迫志摩子与他发生关系。"

"他看上去就是那种人。"高间想起了他丑恶的嘴脸，"我在须田家也见过他,不过那时候他被武志轰走了。"

"关键就在这里。据我打听到的情况,这种事发生了好几次,所以应该能感觉到山濑相当恨武志。"

"原来如此。"本桥明白了高间话中的意思。

"于是我深入进行了调查,那个浑球,事发当晚在一家他常去的小店喝酒。也就是说,他有不在场证明。真遗憾啊。"

同感,高间想。

"而且,据那浑球说,须田志摩子已经还了钱。至今未能偿还的钱一下子就还清了,我觉得很蹊跷,就向志摩子确认了一下。据她说,在葬礼那天晚上,有个自称受过须田正树照顾的人出现,留下了三十万巨款。那个男人说,他只是把欠下的钱还回来,但和钱一并留下的联系方式却是胡诌的。喂,你们觉得这究竟是怎么回事?"

"不说出真实姓名就把钱留下,真干得出来。"

"如果单是装模作样就好了。在这种时候还发生怪事,你们觉得这跟案子有关联吗?"

高间耸耸肩,露出一副束手无策的表情。"半点线索都没有。"

"我也一样。"小野说道。

"总之,心里先想着这件事吧。"本桥一脸阴沉地说道。

高间和小野向着芦原居住的公寓出发了。如果有时间,他们还打算到东西电机走一趟。在路上,他们谈起了须田家出现的那个神秘男子。

"把钱放下就走,简直就是劫富济贫的盗贼嘛。能不能也到我家来一趟呢？"小野羡慕地说道，"他一定是有大把的钱花不完了。"

"有人会觉得钱多余吗？"

"有。在东京，有个住在叫什么田园调布的人。前不久我在书上看到的，他是那一带的生意人，家住一百四十多坪①的房子，有两千万财产。两千万啊，在这里都可以建城堡了。"

"有钱的人应该还会拿钱做资本生出更多的钱来。用来买股票或者储蓄的人不也很多吗？"

"是啊。不过，听说这段时间兜町②也很冷清，行情分析商也沉寂了不少。"

他说的行情分析商，是指那些独自对股市进行预测，并把预测印出来出售的商贩。也有人在大马路上摆一块黑板，天花乱坠地预测。

"总之，出现在须田家的那个神秘男子，不能认为他只是钱太多。如果真的是报答昔日的恩情，那是最好不过了。"如果这件离奇的事与案子有关，那就麻烦了——这才是高间真正想说的。

芦原住的公寓离须田武志一家所在的昭和町只有不到五公里。这个区域里密密麻麻地聚集着一些不知道生产什么的小作坊。细看这些本以为是普通平房的屋子，就能发现穿着运动衫的男子正在里面操作着车床和铣床。湿漉漉的地面上，到处都散落着铁粉和铁渣。

---

①日本计量房屋面积的单位，1坪约为3.31平方米。
②位于日本东京中央区日本桥，是日本有代表性的证券街，也是东京证券交易所的通称。

这个区域的旁边流淌着逢泽川的分水渠，垃圾和机油的气味中混杂着腐臭，从那里流了过来。

芦原居住的公寓就对着那条分水渠。那是一栋很旧的木造两层建筑，墙壁上有好几处修葺过的痕迹。芦原的房间是一〇二室。门锁着，看样子里面没人。

高间和小野正在徘徊，一〇一室的门开了，随即露出一张肥胖中年女人的圆脸。女人问二人来干什么，于是小野亮出了警察手册，那女人的气焰马上就矮了下去，说她是房主雇来做管理员的。她身上散发着呛人的廉价化妆品的气味，看起来给人以贪婪的感觉。

"芦原诚一是从什么时候开始不在这里的？"高间问道。

"到三月底还时不时能见到他。可是他突然就走了，从那以后就再没见到他。不过他四月份的房租在三月份就付了，所以房间还是原样，他要是不回来，我就该处理掉屋子里的东西了。"女人嚼着口香糖回答道。

"我们想进屋看看，行吗？"

"有什么不行的。之前我就看过了，不过里面没放什么值钱的东西。"

女人趿拉着鞋走进了自己的房间，接着拿了一串钥匙回来。

芦原家里确实没有什么值钱的物件，只有一床看上去浸透了湿气的廉价被子和一个纸箱。纸箱内杂乱地放着略沾污渍的裤子、袜子、手纸、破布、铁锤和钉子等。

"芦原是什么时候住到这里来的？"高间向女管理员问道。

"嗯……去年秋天……十月份，好像是。"女人答道。

"他是干什么工作的？"

"一开始什么也没干。但不久之后，他好像就开始在附近的一家印刷厂里干些活字排版之类的活了。"

小野问过那家印刷厂的名字，记了下来。

"有没有人来这里拜访他？"

"来这里？这个……"女人做作地皱起眉头思考起来，马上就转回视线望向高间，"说起来是有个人来过这里。听声音是个年轻小伙子……可是我没看到他。"

"这是什么时候的事？"高间问道。

"一两个月前。"

那或许就是须田武志了，高间想。

高间进而问她芦原有没有晚上外出的情况。因为如果给须田当陪练，他就会前往石崎神社。

女人摆出一副略微冷淡的神色回答说，她不知道这么详细的事。

出了公寓，高间二人去了芦原工作过的那家印刷厂。工厂老板是个戴金边眼镜的矮小男人，说还记得芦原诚一，却不知道他去哪儿了，还说自己是为了度过年末那段繁忙期才雇了他，打算过后马上就解雇。

"即便芦原和武志有关联，疑点还是很多。这两个人究竟是在哪儿认识的呢？"在开往东西电机的电车上，高间低语道。

"难道不是在那个少年棒球队？"小野说道。

"你是说两人在少年棒球队见了面,然后就意气相投了?"

"不对吗?"

"我认为不对。如果武志在神社里训练是为了掌握魔球这种变化球,那他就应该更慎重地选择搭档。而且他已经有了北冈明这个助手。他之所以选择芦原当陪练,其中必然有缘由。换句话说,武志需要芦原。正因为需要,才为了见他而去了少年棒球队的训练场。"

"确实。少年棒球队的领队说过,武志是最近才开始露面的。这个推理说得通。"

"可是这样一来,武志应该在之前就认识芦原了。他是怎么认识这个没什么名气的芦原的?而他需要的是芦原的什么?"高间情不自禁地自言自语着,这时电车到达了目的地岛津站。

站前有个小型的交通环岛,一旁林立的商店似乎要把环岛包围起来。最边上有个派出所,年轻的警察在里面伸了个懒腰。车站的厕所前面,两个流浪汉横躺在那里。

目标建筑马上就出现了,写着"TOZAI"的牌子隔着很远都能看到。

东西电机的正门戒备森严,不光是来客,就连看上去是职员的人都被门卫要求证明身份。

"简直就像是车站的检票口啊。"小野嘀咕道。

"就是因为出了那件事吧?"高间回忆着说道,"这家公司里不是发生过一起安放炸弹的案件吗?这应该是受了那个案子的影响。"

"说起来,还有一起这里的社长被绑架的案件呢。侦查工作怎么样了？"

"不知道。提出要钱，没把钱取走却绑架了社长，想来也是件怪事。"

高间二人亮明身份，门卫的表情变得有些紧张。"辛苦二位了。"门卫拘谨地说道。他或许觉得他们是来调查炸弹案的。

高间向他说明来意并非如此，又说为了调查别的案子想见见人事部的人。门卫一副没有理解的样子，但还是什么也没说，给了他们进门许可证。

从正门进去，向接待处的女职员交代了事由，二人便被引到了里面的大厅。大厅里摆放了大约五十张四人用的桌子，职员和访客正热烈地进行着商谈或交易。

高间二人在其中一张桌子边坐了下来。小野马上就起身向别处去了，一会儿拿着一本小册子走了回来，似乎是东西电机的宣传册。

"创办还没到二十年，去年的销售额就有一百五十亿，刚创立的时候才不过七千万，发展得真是快啊。现在的资本额有三十亿了。"小野看着小册子，钦佩不已地说道，"所谓的成功者，说的就是这种企业了。"

高间也把小册子拿在手里看了看。第一页上登载着社长中条的照片。想到这个人曾卷入绑架案，高间有一种奇怪的感觉。

然而这个时候，高间感知到了某样与之相关的东西，究竟是什么却说不清楚。而随着时间的流逝，最开始的直觉似乎渐渐消失了。

"怎么了？"小野问道。

"没什么。"高间搓着脸说。

大约过了五分钟,人事部一个姓元木的男子出现了。他给人一种苍白清瘦的感觉,看上去有些神经质。"炸弹那件事查出什么来了吗?"元木细声细气地问道。

看来,这个男子也搞错了。不过这也是理所当然的,高间想。

"不,我们不是为那个来的。我们来问其他案子,跟炸弹案没有关系。"

高间说完,元木疑惑地转了转眼珠。"您说问别的案子?"

"是一起杀人案。"高间开门见山地说道。

元木似乎找不出什么话来回答了,露出一副瞠目结舌的表情。

"其实,在牵连进某个案子的人里面,有一个曾经在东西电机公司工作过。我们正在调查这个人……您还记得一个叫芦原诚一的人吗?"

"哎?芦原?"元木的声调都变了。

他惊讶的样子引起了高间的注意。"关于棒球部的芦原,您知道些什么吗?"

"不,那个……您说的这个案子跟炸弹那件事没有关系吧?"

"没有关系。我们正在调查一起高中生被杀案。怎么了?"

"哦,嗯……"元木先是显出了一丝迷茫,接着说道,"是这样的,昨天有个刑警来了,好像是来调查炸弹的事……问的也是芦原的情况。"

"哎?真的吗?"

"嗯。他问芦原离职后的住所之类。至于为什么问这些,他不肯告诉我。"

"那刑警叫什么名字?"

"好像是姓上原。"

高间朝小野看了一眼。小野立即起身,朝摆着一排公用电话的地方走去。高间当然知道上原。他是桑名组里的刑警,据说那个组接手了炸弹案。

可是,炸弹案也跟芦原扯上了关系,这是怎么回事?高间反复思考起来。这是偶然,还是……

"上原警官问了些什么问题?"

"就是问芦原离职后的住所,还有在职期间的履历之类的。"

"能麻烦您把这些情况也跟我说一说吗?"

"好的。正好我还有那个时候的记录。"元木打开了一本封面印着"TOZAI"的笔记本。

芦原于昭和三十年从和歌山县的南海工业高中毕业进入公司,隶属电器零件制造部生产三科,当年十二月转到测试品试验组。转职是因为加入了棒球部,他最好是能在时间比较机动的部门上班。

说到芦原在棒球部的成绩,他最初的四年并没有多大本事,之后却一下子跃升到了王牌投手的级别。

昭和三十七年,他在作业时发生事故,右腿机能丧失。同年离职。刚离职时,他的住所并不是高间去的那栋公寓。在住进那里之前,他另有住处。

"你们知道他在公司的时候住在什么地方吗?"高间问道。

"知道。因为是棒球部的,所以应该住在青叶寮,那是运动员专用的宿舍,在从这里往北大约一公里的地方。运动场和体育馆也在那旁边。"

元木在笔记本的空白处画出地图,把那部分撕了下来。

"你说的事故,是怎么回事?"

"那件事不值一提,"元木说道,"他当时本来准备打开煤气喷灯作业,但好像煤气泄漏了,突然起火,烧伤了他的腿。经过调查得知,是他在作业程序上出错,还有安全确认不足。总之是自食其果。"

"哦……"

"因为酿成了大事故,本应严肃处理,但那时只是给了他警告处分就过去了。真是便宜了他。"

元木合上笔记本的时候,小野回来了。高间便对元木道谢,起身离开。

"我同本桥联系过了,告知上原也在追查芦原。他很吃惊。"

"嗯,是吗。没想到两个不同的案子牵扯到了一起。"

"他说我们可以马上到桑名那里了解情况。"

"辛苦你了。"

"芦原的住处查清楚了吗?"

"没有,很遗憾没能查到。"接着,高间把芦原的履历向小野做了说明。

"身为棒球运动员,却把腿弄残了,真可惜。"小野叹息道。

他们决定找芦原曾隶属的部门里的人问话,于是小野向测试品试验组打了电话。然而他马上就回来了,脸上带着不快的表情。

"不行吗?"高间问道。他想,或许正是工作时间,突然叫人出来恐怕不行。

"这真是一件怪事。那边说,因为芦原跟谁都不熟,所以提供不了有用的信息。我说没关系,请他们出来见一面。他们却说现在很忙,就挂断了。"

"嗯,是很奇怪。"

"我们在公司的出口等他们吗?"

"不,今天就先这样。我们还是到棒球部的宿舍看看吧。看来从那边能打听到更有意思的东西。"高间脱下上衣,搭在了肩上。

东西电机的北侧是一大片种着圆白菜的菜地,在这片菜地的旁边,有几栋白色建筑,看上去像一片住宅区。那里用金属网围了起来,挂着一块牌子,写有"东西电机株式会社第一公司住宅"的字样。

再往前是一处运动场,对面并立着三栋两层建筑,其中一栋就是青叶寮。

高间二人走进青叶寮的玄关,首先映入眼帘的是放在左侧的一个大鞋柜。几十双鞋子杂乱地放在里面,飘散出一股怪异的味道。可以看出有二三十人住在这里。

"谁啊?"

一个白发男子从右侧的小屋里探出头来。窗户上面写着"楼长室",那么他应该就是楼长了。

高间二人报上了姓名,男子十分警惕地说道:"要问芦原的住所,我可不知道。"

看来,上原也已经来过这里了。

一头白发的楼长接着说:"你们这些人,好像觉得是那小子放的炸弹,可惜估计错了。那小子可不是会干那种事的人。"

"不,我们不是为那件事来的。我们因为其他的案子正在找芦原,是一个有关棒球的案子。"

"有关棒球的案子?"男子那充满敌意的眼神发生了些微变化。或许因为负责棒球部的生活起居,他对棒球这个词有点招架不住。

"您知道开阳高中的须田武志被杀一案吗?我们正在调查那个案子。"

闻言,楼长皱起两道斑白的眉毛,露出怜惜的表情。"须田吗?真是可惜,那么优秀的投手竟然死了。"

"果然您知道得很清楚。"

"清楚得很。以前我就认识他,进开阳队那种烂队就是他错误的根源。果然还是应该加入我们公司的球队,当初我就这么说过。"

看来他还以为自己是个球探,高间心里一阵苦笑。

"可是您听说须田的时候,他已经上高中了吧?都那个时候了,不是出手太晚了吗?"

小野嘲弄般地说完,楼长愤慨地瞪起了眼。"才不是这样,我可是在那孩子上初中的时候就认识他了。而且只差一点,那孩子就真可能加入东西队了。"

他的语气引起了高间的注意。"您说就差一点?"

"那孩子读初三时来过这里一趟,说是来观摩训练的。"

"须田武志来过这里?"高间惊呼一声,接着说道,"请把这件事详细说说。"他也不管有没有经过允许,便走进了楼长室。

"再说详细也就是这么回事,他说自己说不定要到东西电机来工作,所以来这里观摩训练。可惜他也只来过那么一次。"

"他是一个人来的?"

"不,好像……"楼长眯缝着眼睛看向了天花板,"对了,是三谷把他带来的。嗯,错不了。"

"三谷是……"

"是我们的队员,当外场手,投掷力可好了。他是须田初中的学长,因为这层关系才把他带过来的。"

"我们能见见那位三谷先生吗?"高间振奋地问道。

"可以。"楼长看了一眼墙上的圆形时钟,"应该马上就结束训练回来了。你们在这儿等他回来就行。"渐渐和蔼起来的楼长甚至还给高间二人端来了茶。"可是,须田的案子怎么会跟芦原扯上关系?难道你们是在怀疑芦原吗?"

"没有的事。"高间摆着手说道,"我们听说须田在被杀前见过芦原,于是就想找他问些话,只是苦于找不到他的行踪。"高间啜了一口茶,半带讨好地问起了芦原的事情。"芦原是个什么样的投手?"

"很棒的投手啊,在和歌山的南海工业中学时是王牌投手,三年级那年夏天打进了甲子园。可惜第一轮比赛就败下阵来。"或许是出于怀念，楼长露出一丝微笑，"虽然他投的球不是那么快，但他凡事细心，基本上没有过控球失误。我可是从这孩子还留着平头的时候就认识他了，他身上可是有很多闪光点的。"

"他拿手的球技是什么？"高间问道。

"他投各式各样的球。不过应该是曲线球吧，还有指叉球。"

"指叉球？"高间和小野异口同声地说道。

"是的，指叉球。这样，嗖的一声飞过来，"楼长把右拳当成一个球，摆在眼前，"球在本垒前突然晃晃悠悠地落下来。"他说着，把右拳左右摇晃了一下，然后朝下方摆了过去。"这可是很有意思的球哦，叫作芦氏球，芦原的芦。因为他事先不给什么信号突然就投出去，接球手总是抱怨接球有难度，但确实有威力。"

高间和小野视线相接，点了点头。说不定这就是魔球了。须田武志有可能是为了学这种球技而接近芦原的。

"这么说，他是在当投手的黄金时期遭遇了事故？"高间问道。

"是啊。那可是件……莫名其妙的事……"

"您说莫名其妙？"

"不，没什么。"楼长为了掩饰慌乱的表情，把茶杯拿到了嘴边。

芦原原先工作的部门似乎也在回避关于他的话题，看来那次事故一定有蹊跷，高间想。

接着，玄关处变得热闹起来。是棒球队的队员们回来了。楼长走到窗口，叫住了一个姓三谷的队员。听说警察来了，刚才还闹成一片的队员们立刻安静了下来。

三谷个子虽矮，却有一身结实的肌肉，相貌给人一种好胜心极强的印象。一开始因为戒备，他的脸绷得很僵硬，而一听到须田武志的事，他的表情变得扭曲起来。"那家伙，真是个可怜的人啊。一心专攻棒球，却遇到了那种事……请一定抓住凶手！"

"我们会努力的。"高间说完，向三谷确认了他把武志带到这里的事。

三谷承认确有此事。"那时候，我偶尔会去看看初中生的训练，须田就是那时拜托我的。他说，说不定他不去读高中，而是到东西电机上班，所以想来公司看看。要是须田加入了，那对我们来说就太棒了，于是我很快从领队那里得到了参观的许可。"

"向导也是您做的吧？"高间问道。

"是的。我带他到了这里，把宿舍等设施的情况说给他听。然后去了运动场，让他看了看训练情况。"

"投球练习的场地也让他看了？"

"那是当然了。我们的设施十分齐全。对了，那时候须田在投球训练场看了很久。我还记得因为来了参观的人，投手们都很卖力地在投球。"

"当时的投手中有芦原吗？"高间先是瞥了一眼楼长，接着问道。

"芦原？嗯，有啊。那时候他可是处在巅峰状态。他怎么了？"

"听说他最近跟须田见过面。"楼长在一旁说道。

三谷表情诧异地看着高间等人。他的眼神好像在问：你们是在怀疑芦原吗？

"当时芦原好像在投一种奇怪的球，叫什么芦氏球。"高间的话题开始转变。

"是的。这种球很不可思议，摇摇晃晃着就落下来了。"

"摇摇晃晃，然后落下……嗯。"看来事情联系到一起了，高间心满意足地想。

当时武志是第一次看到芦原那种"摇摇晃晃着就落下来"的球。如果当时的事情他一直记在心上……

"您把须田带到这里来的时候，他和别人说过话吗？"

"记不太清了，不过我想他没和队员们说过话，只是领队不厌其烦地劝他进我们公司。"

"他在这儿参观完之后呢？"

"我把他带到了公司总部。"三谷说道，"这是须田要求的。老实说，我本以为只要让他看看棒球部的训练情况和宿舍就够了。"

"哦？是须田提出的要求吗？"高间感到有些意外，虽说如果考虑要就职，看看公司总部是理所当然的。"他参观了总部的哪些地方？"

"很多地方。工厂和办公室之类的。"

"他那么积极地参观，结果却没进贵公司，是吗？"

"正是如此。"三谷的脸上稍显怒色，"那之后没多久，他就说自己还是要升学。不过这也是没办法的事情。我知道他的目标。他准是盼望在甲子园出场，引人注目，对他闯进职业棒球界更有利。

他竟然相信那种水平的高中球队也能打进甲子园,真是了不起。"

听了三谷的话,高间感到有些奇怪。武志很早以前就希望进入职业棒球界了,为此应该已描绘了蓝图,为什么却在初中三年级的时候迷惘于是工作还是升学呢?难道他是觉得早日赚钱贴补家用更好吗?

"那次参观之后,您没有和须田再见过面吗?"

"不,在学校里见了几次。不过他没有说工作的事,我也没有对此抓着不放。须田初中毕业之后,我们就没再见面了。"

"这样啊。"武志提出到东西电机参观的原因暂且不管,现在还有必要再问问芦原的事情。"回到芦原的话题上来,"高间说,"那种芦氏球,具体来说是种怎样的球?是类似曲线球那样的吗?"

"不,不是曲线球。说起来,应该是蝴蝶球或者掌心球吧,但是握球的方式很不同。芦原一直对那种投球方法秘而不宣,但也听说曾有一次,有人用八毫米胶片拍摄他,进行了研究。结果发现,他握球的方法和他投直球的时候基本没两样。究竟是哪里不同,还是不明白。不过这种球的运动轨迹是变化的,摇摇晃晃地变。"为了表现出那种运动轨迹,三谷的手掌飘忽地摇着。

"这个秘密谁都不知道吗?"高间问道。

"是的,芦原不肯教任何人。因为他这样保密,就引起了一些奇怪的谣言。"

"奇怪的谣言?"

"半带忌妒的无聊谣言。"说着,三谷耸了一下肩,"他们说芦原在球上面做了手脚。有人说，他先在手指上沾了唾沫或者润滑油再投，这样一来，他在投球的瞬间，指尖一滑，球的轨迹就会发生不规则变化。还有人说，他可能是让球挂彩了。"

"让球挂彩了？"

"在手上贴砂纸，投球之前迅速擦一下，然后再投出去，球和空气间的摩擦就会奇特地产生作用，让球的轨迹发生变化。不知道这是真是假。"

手段还真不少啊，高间感慨。之所以会出现这些质疑，一定是因为过去有这样做的投手吧。一心想掌握属于自己的魔球，竟不惜干出这种事情来吗？

"芦原投出的球，并不像这些所说的，是违反规则的吧？"

"我也坚信这点。"三谷明确地说道，"好几个人都调查过，但芦原是清白的。"

"就算被怀疑到了这个地步，芦原还是对此保守秘密。这是为什么？"

"他大概是想把它变成永远的谜团吧。如今，在我们中间，那种球的厉害程度已经成了一个传说。"

是这样吗？高间心想。接着他又问三谷知不知道芦原的下落，三谷回答说不知道。

三谷看起来并没有说谎，只是当问起关于芦原那条腿的事故时，他明显就支支吾吾了。看来确是有什么隐情。

临走前，高间问三谷有没有看今年选拔赛中开阳队的比赛。

"看了，"三谷回答，"真是可惜啊，他并不是那种会暴投的人。"

"您怎么看当时那个球？"

"唉，到底还是因为紧张，手臂不听使唤了。据说甲子园里有个妖怪，天才须田也没能胜过啊。"

3

高间二人回到搜查本部，上原和本桥已经等在那里了。上原比高间要小两岁。

"你们那个案子居然和芦原有牵连，真让我吃了一惊。"上原脸上浮现出亲切的笑容。

"我也很吃惊，"高间也是一脸笑容地答道，"因为炸弹案，听说你们已经调查了许多芦原的情况。拜你们所赐，我们现在处处碰壁。"

"我们一直觉得芦原可疑。多亏高间你们，我们找到了那家伙的最新住处，真是帮了大忙啊。我们已经去过那个工厂区的公寓了。房间里放着的纸箱，现在正由鉴定科进行鉴定。"

"必须要从你们那儿得到点信息啊。"高间点上烟，"接着说，为什么芦原有嫌疑？"

"这个嘛，真是一波三折。"上原挠着耳朵，看了看手中的报告。这应该是侦查会议用的资料。

"我们从一开始就判定,安放炸弹的人和东西电机有关。特别是从作案手法等来看,我们认为公司前职员有嫌疑。此外,炸弹安放在三层的厕所里,这一点也引起了我们的注意。三层有公司的资材部和广告部,我们推断凶手可能是对这两个部门之中的一个怀有怨恨的人。于是,我们彻底追查了先前属于那两个部门的离职人员。这可走了一条大大的弯路,这些调查完全没有意义。"

"怎么说?"

"不久我们才知道,那栋建筑里的各个部门在前年年末曾换过工位。在这之前,三层是健康管理部和安全调查部。"

"这么一来,如果凶手是在两年前被辞退的,他不知道这个情况的可能性就很大。"

"正是如此。如果是这种情况,凶手的目标就是健康管理部或安全调查部之中的一个。我们重新进行了调查。而这次让我们注意到的是,安全调查部是负责调查公司内部事故的部门。如果发生了事故,他们就要判明事故是否因人为失误而造成。被判定有个人失误的人,实际上就不会再有出头的机会了,其中迫不得已而辞职的人也很多。我们推测,说不定也会由此而招来忌恨。"

"于是你们在调查过去的事故时,就发现了芦原……"

"对那次事故,我们听到的只是只言片语。事故报告写得十分简单,而且还有非常多含糊的措辞。我们对相关人员进行了询问,得到的回答也都是不清不楚。"

"今天接待我们的人也是这样。"高间说道。

"于是,我们扣留了芦原原来部门的一个人,强行问了出来。那个男人一脸悲怆,要我们千万别说是他说出来的。果然事故另有隐情。事故的内容你已经知道了吧?"

高间点头道:"知道。"

"说是煤气喷灯操作失误,但其实并非如此,而是橡皮管老化,从那里漏出来的煤气引发了火灾。"

"哦?"一开始听到事故原因是煤气喷灯操作步骤失误的时候,高间也有一种奇怪的感觉。

"然而,安全调查部的人却把这个情况巧妙地隐瞒了下来。因为火是由在一旁作业的职员灭掉的,所以没有引起很大的骚乱,只来了一辆救护车。他们趁着这个时机,把出了问题的煤气喷灯和橡皮管替换掉了,于是就成了芦原作业失误。"

"他们为什么要这么做?"

"很简单。出了问题的煤气喷灯在此前一周的定期检查中,得到了'没有问题'的保证。而事实上,进行定期检查的只能是安全调查部。所以,如果是器具出了问题,就说明检查工作不认真。"

能看出问题了,高间心想,他们为了隐瞒自身工作上的疏忽,陷害了芦原。"可是总有目击者吧?灭火的职员应该知道。"

"据称有三个人正好在现场,但三个人都说不是很清楚事故的原因。这应该是上面施加了压力。从公司的角度来讲,他们是惧怕安全调查部威信扫地的。芦原申诉说不是他的失误,但没被采纳。不过不知为何,传言却散布开来,职员中有几个人隐约知晓了真相。虽然知道，但是不能说出口，一旦说出来，下回就轮到自己职位不保了。"

"同部门的人竟然都不露风声。"

"东西电机的工会都是由上面一手培养的，只能说是无能为力了。"

高间叹了一口气，对芦原的同情涌上心头。用炸弹一口气炸飞那些人的想法，他似乎也理解了。

"目前而言，没有比芦原更具有强烈犯罪动机的人了。只是还有几点疑问。首先，他得到硝化甘油的途径是个问题；其次，一条腿残废的他能否混进东西电机；还有，威胁中条并意图绑架一事是不是他干的。考虑到这些情况，我们认为肯定还有从犯。"

"从犯？"高间与小野四目相对。他脑中浮现出了须田武志的脸。

"找到芦原与须田武志的关系了吗？"本桥问道，似乎是看出了他的想法。

"找到了。"高间将今天的事做了汇报。上原也在一旁听着。

"这样吗？这么说，你们认定在石崎神社与武志搭档训练的人就是芦原？"本桥心满意足般地说道，"接下来就是炸弹案方面是不是跟武志有关系了。"

"是芦原杀了武志吗？"年轻的小野征求意见般问道。

"现在什么也不好说，"本桥答道，"虽然确实很奇怪。但要说动机，或许跟炸弹案有关吧。"

"不过我认为，须田武志与炸弹案有牵连的可能性很小。"上原说道,"即便是一起进行棒球训练,也难以想象武志会出手帮芦原实施犯罪。而且根据中条社长所说,凶手是个肥胖的中年男子。"

"肥胖的中年男子?跟须田武志一点都不像啊。"小野在旁边嘀咕道。

"总之,要把芦原找出来。这对我们双方来说都是首要任务。"本桥总结道。

高间和上原都点了点头。

4

第二天一早高间就起床出门了。他打算去看芦原当过教练员的那支少年棒球队的训练。地点在街区边上的县营体育场。

虽说是大清早,操场上却已经很热闹了。随处是慢跑和做体操的人,还有沉浸于业余棒球之中的人。这么多人在这里,高间确实没想到。

在打业余棒球的那些人对面进行训练的,就是社区的少年棒球队了。他们的球服上都写着"蓝袜子"的片假名。这些孩子正在接一个男子击出的球,这个男子应该就是领队。呐喊、动作都干脆利落,光是看着就能感到雄壮和痛快。

不久,孩子们排成两列开始慢跑。看来今天早上的训练结束了,刚才击球的男子开始往回走。

"您是八木先生吗？"

高间向他打招呼，男子惊讶地停了下来。八木这个姓氏是高间向小野问来的。八木四十多岁，人看上去很结实，留着圆寸头。

高间报过姓名，说明来意，称想问些关于芦原和须田武志的问题。八木一脸认真地接受了。

"芦原可是个热心的教练员啊。从接球姿势到击球动作，都亲身示范。你知道他腿有残疾吧？他似乎传达出一种拼命奋斗的精神，孩子们也一直很听他的话。"

"是什么机缘让芦原在这里当了教练员？"

"是他自己过来说要我录用他的。既然他的履历无可挑剔，干劲又很足，我就让他来帮忙了。"

"关于他的履历，他对您说过他在东西电机时的事吗？"

"没有，没怎么说过。我也留心着不去问。"

"这样好的一个教练员，家长对他的评价却很差啊。"

"嗯，不过，他并不是家长说得这么坏。"八木的口气忽然迟疑了起来，来回搔着头发，"孩子家长中有个可以说是充当领导角色的人，总之大权在握。无论什么都是那个人在极力主张，其他家长也没办法反驳。因为不能在孩子之间制造嫌隙，我们也瞒住了那件事，但这样糊涂的家长到处都有。"

"是啊，到处都有。"高间同意道。

孩子们已经绕着操场跑完一圈了，接着开始第二圈。八木高声提醒他们，他们的口号声马上变大了。有几个人向高间这边看过来。

"听说,最近须田武志也时不时在这里露面。"高间说道。

"是啊,不过很快他就不再来了。"八木苦笑道。

"须田和芦原说过话吗?"

"我觉得说过。不过我看不出他们以前就见过面。"

"八木先生,其实我有个请求……"

高间说完,八木一副做好准备的表情,问道:"什么请求?"

"我有问题想问孩子们。我想确认一下,芦原在这里当教练员的时候,有没有孩子把这件事告诉过须田。"

"哦……这样啊。"八木似乎想问些什么,但或许察觉到自己不应过多介入,便二话不说,拿起听筒转向孩子们那边,召集他们到这里集合。孩子们丝毫不乱地列队跑了过来,然后整齐地站到了八木面前。真是了不起,高间心下钦佩。

八木代为传达了高间的问题。孩子们都显出惊讶的表情,然而当八木重复问题的时候,队列的一头有个纤细、瘦弱的孩子举起了手。

"真的吗,靖雄?"八木问道。靖雄细细的脖子弯了下来。

果然是这样,高间看着靖雄点了点头。须田之所以来这里见芦原,一定是有人告诉他芦原就在这里。

"好了,那靖雄留下,其他人跑步去。"

八木说完,孩子们便跑开了。训练强度真是大。

高间让靖雄告诉他当时的情况。从靖雄的话里得知,他家就在须田家附近。高间问的那件事,是去年年末在澡堂里发生的。

"须田哥问我蓝袜子的情况,我就说来了一个很厉害的教练员。须田哥问是谁,我说他姓芦原,以前是东西电机的投手。"

"那个时候须田是什么反应?"高间问道。

"也没什么特别的反应……"靖雄说话变得含糊起来。

一定没错,高间确信武志就是在那个时候得知芦原在这里的。一听到芦原的名字,他的脑中一定也想起了什么东西。那就是三年前在东西电机的训练场上看见的芦原的"魔球"。而武志为了让芦原传授球技,便来到了这个操场。接着,石崎神社里的特训就开始了。

问题是,魔球和案子有什么关系?可是……

被问完话的靖雄加入了慢跑的行列中。目送着他的背影,高间向八木问道:"须田武志小时候是个什么样的孩子?"

"这个问题很难啊。"他苦笑道,"如果用一个词来说,还是'天才'吧。比如说,那孩子开始投球的时候,姿势乱七八糟的。因为一大堆问题放在一次说也没用,于是我就一次只给他指出一项错误。这么一来,第二天那个错误就被完全纠正了。接着,我给他指出另一项错误,过了一天他又纠正过来了。就这样,他很快就掌握了标准的姿势。我很疑惑他是如何做到的,就问了他。他回答说,他会在被提醒的当晚对着澡堂的镜子做无数次投球的姿势,就是这样纠正了错误。到小学三年级的时候,我就觉得他已经不是个普通的小孩了。"

"厉害啊!"高间说道。厉害得吓人,他想。

"除了这个,还有能证明他是天才的事。比如说,比起平时训练,他在比赛的时候控球力更好,凭直觉就能打乱击球手的判断,等等。当然,在球速方面也是天才型的。"

"他的性格怎么样?"

"性格嘛……"八木似乎陷入了沉思,一时语塞,接着小声说道,"坦白地说,他的性格并不是很开朗。总是缄口不语,训练时间以外基本上都是独自一人。坐车去赛场的时候,还有孩子说坐在须田旁边很无趣,不喜欢他。不过,须田这孩子内心有某种强烈的东西。这东西该说是什么呢?既不是斗志,也不是逆反心,给人的是更加异常的感受。"

"异常?"冒出这样的形容是高间始料未及的,他不禁反问道。

"曾经有过一场手套风波。"八木说道,"有个孩子的棒球手套被剪得粉碎。因为没留神就发生了,所以当时没找到罪魁祸首。很多年之后,我才知道是须田干的好事。"

"须田?"高间皱起眉头,"他为什么要那样做?"

于是八木讲了起来。

那是须田武志读小学五年级时的事了。那时,为了强化球队的力量,早晨的训练提早了三十分钟。然而时间这样一变,有个孩子每次都迟到,那就是武志。他总是迟到五分钟左右,气喘吁吁地赶来。迟到的理由总是同一个:"起晚了。"

八木一开始总是批评武志,但这样连续过了好几天,他感到不对劲,便问武志是不是有什么事瞒着他。然而武志只是一个劲地道歉，央求说从明天起一定不会迟到，请八木不要对他母亲说起这件事。

手套风波就是在那时候发生的。手套的主人是一个叫次郎的孩子，住在武志家附近。次郎家也并不宽裕，对他来说，棒球手套就是个宝贝。

到头来，找不到恶作剧的人，事情便不了了之了。武志也没有再迟到过，这件事情自然慢慢地从八木的记忆中消失了。

八木得知事情的真相是在最近，是一个名叫守瑠的前队员告诉他的。

真相是这样的。当时武志正做着一份在训练开始前配送报纸的兼职。这份工作或许是出于帮助穷苦的家维持生计的考虑，而这就是他迟到的原因。也就是说，早报送到报刊亭的时间是固定的，武志无论起得多么早都没用。

知道这件事的孩子只有一个，那就是次郎。他好几次看到武志在送报纸。

武志当时对次郎说："别对任何人说，这是约定。"

武志虽然不太受欢迎，但在球队里的实力是绝对的。次郎答应他不会向任何人说起。

然而武志频繁迟到，领队因此责备了武志。次郎则越来越苦于对真相保持沉默了，于是他终于告诉了朋友守瑠。这时候如果守瑠保持沉默就相安无事，他却向武志求证去了。

"须田，听说你在送报纸？"

武志先是一副吃惊的样子，随后马上又恢复了冷峻的目光。"你听谁说的？"

"次郎啊。"

"哦，"武志点点头，接着瞪着守瑠警告他，"不许对别人说！"

在这之后，就发生了手套风波。当然，次郎和守瑠都知道罪魁祸首是谁。但次郎有不敢说出口的苦衷，守瑠也怕会遭遇同样的结果，所以二人保持了沉默。

"结果是两个人都惧怕须田了。"这件往事虽然并不愉快，八木的眼神里倒是显出对当时的怀念之情。

"须田为什么要把送报纸的事当成秘密？"高间问道。

"恐怕他是不想因为这件事招人同情吧。他就是这样的孩子。"

看来正是如此，高间认同这一说法。"此后须田不再迟到了，那送报纸的工作怎么样了？"

"没怎么样，"八木答道，"据说他在送报的时候跑得更快了，所以训练也不迟到了。"

"原来如此……"

是啊，高间想，对须田武志来说，他理应是用这种方法解决问题的。

高间向八木道过谢，听着孩子们练体操的呼喊声，将操场抛在了身后。

约定

1

"这一带完全没有变。"透过车窗望着外面的景色，男子悄声说道。延伸开来的田野占满视野，处处排列着塑料大棚。在大棚不规则的间隔里，散布着一些稻草人。不时能看见医药和电气化制品的巨大广告牌面朝这边立着。列车快到站的时候，民居多了起来。接着，列车又开动了，行驶一小段后，又和广袤的农田连在了一起。

时隔多少年了？

他在脑中计算起来。早就过去了三年，已经四年或者五年了？也说不定是六年。对，是五年。那是自己最风光的时候，怀着凯旋的心情回来……

洋子过得怎么样？还是老样子，在那家生意萧条的点心店做店员吗？不会吧？她也该有二十四了。还是二十五？虽然还小，却不得不嫁出去了。有合适的对象了吗？照妈那样的性格，可能还在慢条斯理地打理这件事吧。不，或许是洋子担心妈，所以很难嫁出去吧？看来妈这边必须由我来照顾了。没事的，就算身体成了这样，怎么也能照顾好她……

不过真有点没脸进门啊，男子思忖着。信里面也没将事情详细写明，就只写了要回来。具体的情况，还是见了面再慢慢说吧。

列车过了几条隧道，熟悉的风景渐渐多了起来。什么都没有变。这让他安下心来。

车内的广播员报出了站名。这是个已经听惯了的名字。几年前，他就是从这里出发的。

从站台上走下来，穿过检票口时，他不知为何心中怦怦直跳。他心想：妹妹或者妈应该会来接我吧？

他拖着一条腿通过检票口，有些心惊胆战地环顾四周。然而站台的候车室里没有看到熟悉的面庞。妹妹和母亲都不在，只有两个穿西装的男子正吞云吐雾。

怎么回事？竟然谁都没来……

他看到小卖部里有公用电话，便拄着拐杖走了过去。从那里可以看到站前的商店街。这本该是令人怀念的风景，他却莫名地感到空虚。

拿起听筒，投进十日元硬币。他正拨着号码盘，手边的光线忽然暗了下来。他停住手抬起了脸。刚才一直在候车室长椅上坐着的两个西装男子正站在两边，似乎要夹住他。

"怎么了，你们这是？"他说道。

"是芦原先生吧？"右边的男子面无表情地说道，从西装内袋里拿出了一个黑色的小本子。"芦原诚一先生，"那男子又说了一遍，"能跟我们走一趟吗？"

"啊。"他握着听筒，不由自主地出声道。

他觉得似乎想起了某件被遗忘的事情。

2

芦原被找到的消息传来的当天，上原就向和歌山出发了。听说芦原写信告知老家的人要回乡，而那封信被正在他老家附近暗中监视的刑警发现了。

芦原是炸弹案的主犯，这一点基本确定无疑。通过调查留在那栋公寓里的纸箱，证明其中的木板和钉子与组成自动点火装置的零件是一样的。

高间虽然迫不及待地想见到芦原，但目前而言，解决炸弹案是首要任务，他只得暂时待命，希望上原会替他问起芦原和须田武志的关系。

这天晚上，从上原那里传来了第一波消息。高间朝听筒飞奔过去。

"芦原承认罪行了。"上原说道。

"果然。那从犯呢？"

"这个嘛……"上原的声音有些含糊。

看来,虽然逮捕了凶手,结果却并不尽如人意。

"不对劲吗?"

"芦原声称没有从犯,全部是他一个人干的。"

没有从犯?高间不由得握紧了听筒。"问过须田的事了吗?"

"嗯,他说他跟须田没有关系,两个人连话都没说过。"

"什么?"

"总之,我马上把他押回来。"上原的语气直到最后都没有提起精神。

居然说跟须田武志连话都没说过?这不可能,高间想。

通过对芦原周边情况的打探,武志的身影在各处忽隐忽现。石崎神社里那个独腿男子,除了芦原,无法想象会是其他人。

翌日,高间和上原一同前往调查室与芦原会面。芦原穿着深蓝色上衣,里面是白衬衫,领带端正地系着。或许是为了回老家,他努力打扮了一番。他长着一张娃娃脸,大概是因为远离了棒球运动,肤色并不是很黑。

芦原见到高间,轻轻点了一下头,并没有畏罪的样子。他看上去既严肃又仿佛因承认了罪行而感到轻松。

"你应该知道须田武志吧?"自我介绍一番之后,高间问道。

芦原缓缓地眨了一下眼,然后说:"须田我当然知道,他可是个名人。"

"你和他有私交吗?"

芦原轻轻地闭上眼睛,摇了两三下头。

"这就奇怪了。"高间一边在指间摆弄着圆珠笔,一边看着他,"有人看到在石崎神社,有个跟你很像的人和须田武志练习投球。"

"是很像我的人,对吧?并非咬定是我。"芦原一脸平静。

"听说有种球叫芦氏球。"高间试探道,"先是摇摇晃晃的,然后才落下来。"

"我忘了,"芦原稍稍移开视线,"那是很久以前的事了。"

"你把这个教给须田了吧?"

芦原听了并没有回答,只是挠了挠头,呼地长叹一口气,说:"我真搞不懂,我之所以被抓,是因为那个炸弹案,对吗?这跟须田完全没有关系。"

"须田已经死了,被杀死的。"

"我已经知道了。这是怎么——"说到一半,芦原便不再开口,他目不转睛地望着高间,点头道,"是吗?你们是在怀疑我吗?原来是因为其他案子才逮捕我的啊。"

"我们认为炸弹案和开阳高中生被杀一案有关联。所以,并不是因为其他案子而逮捕你。"

"你认为有什么关联呢?"

"安放炸弹的是武志。作为交换条件,你教他变化球,他接受了,不是吗?"

芦原撇了撇嘴,哑然失笑,接着说道:"那个案子是我一个人干的,谁都没有帮忙。跟须田武志什么的没任何关系。"

从调查室里出来，高间向上原询问了有关芦原的供述内容。笔录如下：

　　那一天，我穿上了以前上班时的职工服，往皮包里放入用硝化甘油制作的定时炸弹，潜入了东西电机。关于炸弹安放的地点，已经预先决定好是在三层的厕所里，时间定在上班铃响之后。因为我知道，那个时候人是最少的。我在厕所最里面的隔间里放好皮包，然后贴上了写着"故障"的纸。

　　之后，趁着定时装置用的干冰慢慢升华，我准备逃得越远越好。但是逃跑的途中，突然有一种强烈的恐惧感袭来。自己安放的炸弹会造成大量的人员伤亡，这个后果我自己都感到非常害怕。把罪行继续下去是不可能的了，等我回过神时，我又回到了厕所里。幸好没什么人在，我就进入隔间，把炸弹的定时装置弄停了。具体来说，就是用一块破布取代干冰夹在那里。如果照原样拿着皮包出去是不可能的，因为如果遭到怀疑，里面的东西让人看到就糟了。而且我觉得，安放炸弹造成的恐慌，已经能够让安全调查部的那些人品味一番了。

　　接着，我穿着职工服走出了东西电机总部，在车站前将职工服扔进垃圾箱，然后就回去了。

　　至于犯罪的动机，那就是对安全调查部的那些人，特别是西胁部长进行复仇。我是因为他们的疏忽才遭遇了事故，落得个一条腿残废的结局，可他们竟然捏造说是我的失误。

事实上，当时我也是考虑过复仇的。棒球是我生存的唯一意义，因为这件事，我连棒球都不能打了，我就想干脆拉上他们一起去死。我想起了初中时的一个朋友，那个朋友正在本地的大学当化工系的助教。有一次我去大学见他，他让我参观了一下实验用的火药库。那天半夜我进入那所大学，打破玻璃，潜入了朋友的研究室。说来简单，但因为有一条腿残疾，其实费了很大功夫。火药库的钥匙放在一个带密码锁的柜子里，而锁的密码写在柜子背面，所以我很轻易就偷出了钥匙。我从火药库里偷出适量的硝化甘油和电雷管，然后放回钥匙，紧接着就把室内弄得乱七八糟，好让现场看起来像是校园遇窃。

但结果我并没有使用那些硝化甘油。因为冷静地思考了一下之后，我觉得为那些家伙去死是愚不可及的。于是我把那些硝化甘油藏在了箱子的最里面。

从那之后，痛苦的日子一天接着一天。为找工作也花费了不少精力。直到去年秋天，我找到了新的人生价值。一个主要由昭和町的孩子们组成的少年棒球队让我当了教练员。我觉得这是把我与棒球联系在一起的最后机会，于是拼命工作了下去。

对我来说，我已经很久没有过过那么充实的日子了。只要把棒球握在手里，一股热气就会从我胸中涌起来，让我有种想叫喊的冲动。而且孩子们也和我亲近了起来。

然而这边也好景不长，孩子们的家长要追究我。听说他们的理由是，绝不能将孩子交给一个没有固定工作的人。可悲的是，最讨厌我的家长是其中充当领导角色的人，于是持赞同意见的家长增多了。领队八木虽然替我辩护了，但我还是不得不辞职。

我想出炸弹爆炸计划正是那之后不久。充当领导角色让我辞职的人，正是那个东西电机安全调查部的部长西胁。

"是这么回事啊。"高间一口气喝光早已凉了的茶水，"我也想过是出于复仇的心态，但一直不明白他为什么到现在才实施。这么一来我就明白了，那些家长之中的领导角色……命运啊。"

"就是命运，"上原说道，"想来他还真是可怜。"

"这份供述里没有矛盾的地方吗？"

"没有决定性的矛盾，炸药到手的方式等都和我们调查的一样。只是，有几个略微可疑的地方。"

"怎么说？"

"首先是干冰。根据这份供述，芦原说炸弹里一开始放置的是干冰。那么干冰是从哪里买来的？这并不明了。他本人说是在车站前商店街的点心店里买冰激凌时顺带得到的。但点心店的店员却说没有顾客会在这样早的时间来买冰激凌。"

"这真是有意思。"高间说道。

"接下来是关于芦原自己走到三层厕所的疑问。如果真是这样，他应该会注意到三层已经变成了资材部。他本人说是漏看了。而且说到底，他拖着一条腿是很惹眼的。"

高间低声说："有从犯的可能性越来越大了。"

"很大，"上原的口气中带着自信，"问题是芦原为什么要隐瞒。也可以这样考虑，如果从犯是须田武志，而且又是芦原杀了武志，那他当然会因为怕事情败露而保持沉默。"

"这是非常有可能的……"

芦原确实很奇怪。他就是真凶，而武志为了给出暗示，写下了"魔球"，这种情况并非不可能。如果真是这样，武志为什么不直接写"芦原"？所以很难认为是武志自己写下了这个信息。而如果芦原是凶手，他也不会写下能暗指他自己的东西。

"对了，对于中条社长被绑架的案子，他是怎么说的？"

"有关这件事，他声称自己全然不知。他说或许是有人从报纸上得知了炸弹案，想利用它来趁火打劫。"

"嗯。"高间蹭着胡子拉碴的下巴。确实有这种可能性。利用这种事趁机敲诈是常有的。

"不过这是谎话。"上原说道，"送到中条社长手上的恐吓信一定是实施了犯罪的人写的。信上附了定时装置的略图，连没有被媒体报道的详细数字都分毫不差，但芦原一口咬定说他不知道。"

"芦原为什么装作不知？是有什么撒谎的必要吗……"

"或者说他真的不知道，对吧？"

上原的话让高间皱紧了眉头。"是有这种可能。芦原真的不知道。意图绑架中条社长的事情是从犯私自干的。"

"这么一来,武志就不是从犯了吧?中条社长说过,绑架犯是个肥胖的中年男子。先不管芦原是不是杀人凶手,武志与炸弹案没有关系,这样考虑不是更合理吗?"

是这样吗?高间低下了头。芦原意图消除他身边两个人的身影。一个是炸弹案的从犯,另一个是须田武志。这种情况下,两个身影同属一人,这样考虑不才是正确的吗?而中条社长看见的人却不是须田武志。

不明白啊。高间用拳头叩了两三下太阳穴。

3

田岛恭平在苦苦挣扎了一番后,终于决定把勇树约出来。一方面,这是他想让勇树也听听的事情;另一方面,一个人偷偷去做让他感到难为情。

放学后,田岛在学校的正门等着勇树。学生们正三五成群地回家,他们表情愉悦,棒球部两个人死掉的事情似乎已经被他们忘得一干二净了。

过了许久,勇树推着自行车穿过门口。田岛把他叫住,他显然感到有些意外。或许是因为田岛虽然跟武志同属棒球部,但勇树只认得他的脸,从未接触过他。

"我这就去见刑警。"田岛说道。

勇树则吃惊地微微张开了嘴。

"我有件重要的事,这就去告诉一个姓高间的人。是有关须田的事,须田的魔球。"

"你知道了什么吗?"勇树问道。

"还不能说是知道了,只是察觉了一些东西。之所以保持沉默,是因为这是件非常重要的事情……而且我想你应该跟我一起去。"

"是吗……"勇树昂起头,目光投向了正走出校门的学生们,似乎在思考着什么。"我去看看吧,"他小声说道,"我也想知道魔球的事。"

"就这么定了,那我们去车站吧。"

田岛和勇树骑上了自行车。

田岛和高间约定在昭和站前见面。他是在午休的时候托森川打去电话的。他和勇树两个人正站着,身后有人拍了一下他的肩膀。

"两个人在一起真是难得啊。"高间笑着露出了白牙。勇树也在,这说明田岛也希望勇树来。"那我们找个地方慢慢说吧。你们肚子饿了吗?"

田岛没有马上回答,和勇树对视了一下。

"好,走吧。"高间说道。他似乎察觉出来了,便点点头,朝附近一家拉面馆迈开了步子。

或许是因为现在的时间在两顿饭之间,拉面馆里的人很少。店里有个柜台,里面是张四人桌。看见高间毫不犹豫地走了进去,田岛二人便跟在后面。

女店员拿来菜单，三人都点了拉面。

"这两个人的面要大碗的。"高间对女店员补充道。

"你的事等吃完了拉面再说。"说完，高间取出了香烟，点上之后，语调轻松地问道，"森川老师和手冢老师都还好吗？"

"哎？啊……"田岛不禁看了一下旁边，和勇树的眼神撞在了一起。今天学校里宣布了一件重要的事。

"怎么了？"高间把香烟夹在指间问道。从香烟一端冒出的细长白烟，笔直地升到了天花板上。

"是这样的，"田岛舔了一下嘴唇，"手冢老师被暂时停职了。"

"什么？"刑警皱起眉头，"这是怎么回事？"

"我不知道。总之，最近她经常请假。"

今天，职员室旁边的公告板上贴出了公告："手冢老师因为个人原因，暂时被停职。"

至于为什么，就不得而知了。据传言说，她和森川的事成了问题所在，她已经无法留在开阳高中了。

这一天的午休时分，为了跟高间取得联系，田岛去了森川的办公室。森川明显正在考虑什么，田岛向他打招呼，他都没能马上回应。

"嗯，真糟糕啊。"高间听着田岛的话，慢慢吸着烟，眼睛似乎在看着远方。

拉面端了过来，三人伸手取了一次性筷子。吃着一大碗面条，田岛思考着应该怎么把准备好的话说出来。

4

与田岛二人分别之后,高间步履缓慢地走在暮色中的街区。在他脑中,混沌一片、形形色色的事物就像在洗衣机里一样,轰隆隆地转着。转动的速度过快,以至他目前还不能掌控。

二十三日,中条社长被绑架;翌日,即二十四日晚上,武志被杀;然后,刚才田岛的话……

还有,在东西电机里听到的事、少年棒球队的事……这一切都在他的脑中回旋着。

高间不断描绘着模糊的真相,然而那真相又莫名地走样,成不了一幅精确的图形。原因很清楚:芦原的供述非常含糊。

芦原明显撒了谎。那么,他究竟撒的是什么谎?

到了这个节点,高间的思考就混乱起来。无论怎么设定芦原的谎言,都不能得出清楚的解释。

高间继续走在夜晚的路上。当他回过神来时,已经来到了一家电器店门口。新款电视机前面聚满了人。高间无意间朝那台电视看了过去,也停住了脚步。他并不是对电视的画面产生了兴趣,而是因为那台电视是东西电机的产品。

资金、营业额……小野给他看的小册子里的内容朦胧地在脑海中复苏了。还有……

等等!

高间脑中突然闪现了一个想法。他正准备离开,又停下了脚步。

那是个非常离奇的想法,甚至完全推翻了至今为止的推理。高间感到他的呼吸越来越急促了。虽说是离奇的想法,它却奇妙地契合了目前为止高间无意中见闻的一切。

"是啊……这种情况也必须考虑啊。"

这时,他看见一部红色的电话,不假思索地冲向了那里,然后拨号。本桥接了电话。

"有件事我想立刻调查一下,"高间说道,"或许能解开所有谜团。"

"调查什么?"本桥问道。或许他感受到了高间的心情,声音也带着激动传了过来。

"出人意料的事。"高间说道,"而且,或许能看到一个出人意料的真相。"

5

当妻子纪美子通知中条有两个刑警到访的消息时,中条下意识地察觉到他已经藏不住了。可以说,当那个姓芦原的男子被抓时,他就基本死了心。

然而他并没有特别张皇,也没有感到沮丧。这一天终究会到来,这是他很早以前就想到的。所以他用与往常并无二致的语调，嘱咐纪美子把他们领到会客室去。

中条整理好衣服走进客室，两个刑警同时起身，为突然造访道了歉。他记得那个姓上原的刑警，却不认识另一个人。那个男子马上递出名片，从名片中得知，他是搜查一科的刑警高间。

"我们有件重要的事，实在是打搅了。"高间郑重地打开了话题。

从高间的表情来看，中条便知道事情果然如他所料，他做好了心理准备。

一阵敲门声响起，纪美子把茶端了过来。因为是刑警来访，她一副担心的样子，但中条并没有让她同席而坐。

"你别坐在这里了。"

中条说完，她看起来有些不满，但还是点点头走出了房间。她虽然是前任社长的女儿，却一点也不傲慢，很贤惠地辅助着中条。

"可以了吗？"待纪美子的脚步声远去，高间问道。

"请吧。"中条回答道。

高间长叹一声，接着紧紧地盯着中条的眼睛。"须田武志……这个少年您是认识的吧？"

中条沉默了。他不知道究竟该回答什么好。

"他就是意图绑架您的那个人，不是吗？"

"我……"中条开口了，声音嘶哑，"应该说的是一个肥胖的中年男子吧。"

"我知道。"高间投去自信的目光，冷静地说道，"但中条先生您撒了谎。那个人其实是个身材结实的年轻人——须田武志。"他继续道,"而且,他是您的亲生儿子。"

数秒钟的沉默过去了。中条看着高间,高间也看着他。荧光灯发出的嗡嗡声今天让人觉得格外响。

"芦原的从犯是须田武志,除了他以外,无法推测是其他人。然而您却说绑架您的人是个肥胖的中年男子。这种错乱可让我们苦恼了一阵。不过这个矛盾如果放在您撒谎的情况下,就能轻易解决了。可是您为什么非得撒谎不可呢?"

高间不加停顿地说完,一双眼睛紧盯着中条,窥探他的反应。中条别过脸,视线落在了桌子上。

"在这之前,还有一个疑问。"高间继续道,"那就是为什么须田武志会向您寄出恐吓信,把您约出来?很明显,他并不是想要钱。他有必要私下里见您一面。而您却试图把这个事实隐藏起来。想到这里的时候,我就想到了一个离奇的假设。同时,我又想起了东西电机宣传手册中登载的您的照片。"

中条抬起了脸。

对着这张脸,高间平静地说道:"须田武志和您长得很像,我对自己这个离奇的假设有了自信。抱歉,我们调查了您的履历。调查结果让我们知道,昭和二十年的时候,您和须田武志的生母明代住在同一个街区。"

高间说到这里就打住了,他觉得中条或许会反驳,但中条没有任何回应。

"请您回答,"高间说道,"利用恐吓信把您约出去的人,是须田武志吧?"

中条双臂环抱,慢慢闭上眼,眼前掠过几段影像。"我有个条件。"他闭着眼睛说道。

"绝对不会对外透露,"似乎看穿了他的心思,高间立即答道,"我们会严守秘密,当然对您夫人也是。"

中条点点头。他心想,虽然点了头,但要永远保守这个秘密,在现实中是不可能的。所以,他一直打算亲口告诉妻子。而在此之前,要尽可能保守秘密。他长叹一声。"正如你们所说,"他回答道,"那天把我约出来的,正是那个孩子。而他就是我的儿子。"

"能详细说一下吗?"

"这就说来话长了。"

"没关系。"

高间和上原都低下头致意,然后用认真的眼光看向中条。中条闭上了眼睛。

战时,中条在东西产业岛津市工厂当厂长。这家工厂原来是生产铁路车辆零件的,按照军方的指令改为了制造航空机械零件。

战争结束后,岛津市工厂不再生产航空机械零件,而改成生产平底锅和砂锅。中条身为东西产业重建的成员,被召回到了阿川市的总工厂。在那里,他成为电气机械制造部门负责人渡部茂夫的部下，住的公寓也由岛津市迁到了阿川市。这时他三十七岁，单身，也没有家人。

他就是在那里遇见了须田明代。

中条本打算和她结婚，但有一个棘手的问题：上司渡部想要接纳他为女儿纪美子的丈夫。纪美子当时二十八岁，结过婚，丈夫在战争中死去了。

考虑到今后的事情，他不想让自己和明代的事就此公开，损害他在渡部心中的印象。何况他还受了渡部难以言尽的恩惠。中条之所以能掌握电气方面的最新技术，也依靠了渡部的帮助。于是他暂时隐瞒了和明代的关系。对于他的迷惘，明代也一清二楚。

然而意料之外的事情发生了。明代怀孕了。她的哥哥执意要追问对方的姓名，她却没有回答。中条把她转移到了另一座城镇。这是因为他考虑到如果这样下去，两个人将会连见面都很困难。

明代搬去的地方便是渔港的附近，因为她说想要住在海边。

中条和明代在新家开始了生活。说是生活，中条不过是每周来住上一晚而已。他的双重生活并没有让别人知道。

孩子出生后，暂且入了明代的户籍，即所谓的私生子。当然，中条打算时机一到，就承认那是自己的孩子。孩子名叫武志，须田武志。说不定明代的哥哥会通过什么方法调查她的户籍，而中条觉得这也没关系。

这样的状态持续了三年左右。

东西产业电气机械制造部变成了东西电机公司，从母公司独立了出来，第一任社长被定为渡部。中条自然成了他的继任者。

伴随新公司的成立，工作量也是相当繁重的，而对中条来说，这或许是他一生中只有一次的重要工作。总之，作为渡部的助理，他被委以管理技术部门所有事务的重任。中条忙得连睡觉的空闲都没有了，回到明代那里的次数也就减少了。于是他请求明代等自己一年。等新公司稳定下来之后，一定会来接她，到时候再一起生活，而在那天到来之前，他只能按期寄生活费过来。

那个时候，中条并没有欺骗明代的意思。他的确认为只要一年。

然而困扰他的问题出来了，渡部再一次请求他跟纪美子结婚。他感到为难，因为仔细一想，尚属年轻的他却被渡部格外关照，一定是因为渡部把他当成了女婿来看待。

他没有找到能高明地拒绝此事的理由——应该说是一个高明的谎言。而他既然没有明确地拒绝，那就可以解释为默许。

就这样，中条和渡部纪美子结了婚，与明代约定的一年时间过去了。

无论如何都要见到明代，向她道歉——他虽然这么想，但要真的实践起来，他又开始胆怯。究竟说什么来道歉才好？这不是道歉就能解决的事，这一点他再明白不过了。

或许明代会到公司来找他，那时再解释清楚，行吗？想到这些，他的心情变得沉重起来。

他最终还是没去见明代，也不知道她有没有到公司找他。一个陌生的女人突然来这里说要见社长，应该也会在接待处被回绝的。

时间就这样悄然流逝，他始终没有忘记明代，儿子也没有离开过他的脑海。因为他和纪美子生不了孩子，他便更加在意起那个孩子的事来。

又过了几年，他试图了解明代他们的情况。而那个时候，她早已离开那个渔村了。

事情已经无可挽回，是他自己选择了这条路。

"您看过高中棒球赛吗？"高间问道。

"经常看。本地出了个井阳高中队，我也知道那个队的投手姓须田。可那个孩子竟然就是武志……看电视的时候，我做梦都没想到。"

"所以您知道这件事是……"

"嗯，"中条健一点头道，"是第一次见面的时候。"

从收到恐吓信起，到去往指定的地点为止，中条始终只认为这是炸弹案的凶手发出的威胁。不，甚至到咖啡厅接电话的时候，他还是这么认为。然而，当他在香烟店第二次听到红色电话里的声音时，他感到了一种让心脏停止跳动般的冲击。

"是中条健一先生吧？"对方说道。

"你是谁？"

对方稍稍沉默了一下，接着用从容不迫的声音说道："须田武志。"

这次轮到中条沉默了，不如说是说不出话来更为确切。他感到全身都在冒汗、颤抖。

"武……志？怎么是……"

中条的声音也颤抖了。电话那边传来呼吸声，似乎是在享受他这种反应。只听对方说道："从现在开始，按照我说的做。首先，把钱装进包里，放到公交车站旁，再走进身后的书店。书店有个后门，你要赶快从后门出来，然后立刻朝左走过道口。有趟开往真仙寺的公交车在那里等着，你坐上去，在终点站下车。明白了吧？"说完，电话就挂断了。对方并没有说不许告诉警察，或许是因为没必要多说这一句吧。

中条按他说的坐上了公交车。警方的注意力全部集中在了皮包上，想必不会考虑到他会失踪，也就没有跟踪他。

公交车很挤，但坐到终点站的人寥寥无几。其中并没有像武志的身影。

从真仙寺下车，中条环顾周围。路在这里变成一道陡坡，两旁都是密密的松林。从发车站朝对面望，稍远的地方可以看见真仙寺的屋顶，那跟前似乎是一片墓地。空气凉飕飕的，中条甚至感到寒冷。

在终点站下车是对方的指示，接下来的目的地就不知道了。他别无他法，只好站在那里。发车站的办公室里，司机们正聚在一起，不时用怀疑的眼光向中条看过来。

这种状况持续了一阵之后，从坡道下面跑过来一个年轻人，身穿运动服，戴着棒球帽。他正惊奇这种地方居然还有人来慢跑，年轻人已经在他面前停住了。

"我来得有点迟了。"年轻人抬起了脸。

"你是……"

到这个时候,中条才知道甲子园里的须田,就是当年的武志。惊讶之甚,以至他找不出话说,也不知道该做出什么表情才好。

"客套话就算了,"武志平淡地说道,"那,走吧。"

"走?"

"去了你就知道了。"

武志横穿过马路,进入了松林中的小道。中条在后面追着。

武志一言不发,走得很快。中条为了跟上武志已经很艰难了,而一直持续的沉默也让他备受煎熬。

"你是从哪儿来的?"中条试探着问道,"我看你好像是从坡底下跑上来的。"

"倒数第四站,"武志若无其事地回答道,"我跟你坐了同一趟车,只是你好像没有注意到。"

"那你是从那里跑过来的?"中条想起了这段距离的长度和坡道的斜度。

"没什么好吃惊的。"还是老样子,武志依旧平淡地说道。

望着步履不停的武志的背影,中条沉浸在不可思议的感慨中。当年的武志居然长这么大了。这个他本以为一辈子都见不到的儿子,现在就在眼前。他被一种想要赶到儿子身边、把儿子拥在怀里的冲动驱使着,但又做不到。武志的背后闪现着某种不让他这么做的东西。

"炸弹是你放的吗?"为了摆脱这种沉重的心情,中条问道。

"算是吧。"武志没有停下脚步,"有个人对你的公司怀恨在心,是他拜托我的。今天的事,那个人并不知道,是我独自干的。"

"你为什么要写恐吓信?就算写普通的信,我也会来见你的。"

武志突然停住了脚步,回头看着中条,表情扭曲起来。"你这个人还值得信任吗?"说完,他又迈起了步子。中条仿佛被人灌了铅一样心情沉重,跟上了他。

武志在墓地中轻车熟路地行进着。中条渐渐明白武志是要带他去某个地方。

武志在快到墓地最深处的地方停下了脚步,站在一座小型木制坟墓面前。

中条也停了下来,俯视着坟墓。"这是……"果然是这样,中条心想。虽然没有什么特别的依据,中条心中却一直有预感,明代已经不在人世了。

"旁边是爸爸。"武志指着明代墓旁的另一座坟墓说道。

"爸爸……明代再婚了,是吗?"要是这样,他还能得到救赎。

"别胡说!"武志立即顶撞了回去,"他是须田正树,妈妈的哥哥。是爸爸把生病的妈妈和我,我们母子二人接回家的。"

"……是这样啊。"

"接回家之后,妈妈就死了。"

"她得了什么病?"

"跟病没关系。她是自杀的,割腕。"

中条的心脏一阵绞痛。他冷汗直冒,呼吸紊乱。站立让他感到痛苦不堪,他跪了下来。

"妈妈给我留下了一个竹子做的人偶和编竹子的工具,还有一个小护身符。上中学的时候,我发现了藏在护身符里的纸条。上面写着,我的爸爸是东西电机一个姓中条的人。明白了吗?妈妈已经知道你背叛了她,和另外一个女人生活在了一起。可是她没有把你的名字告诉任何人,因为她想着不能给你制造麻烦。"

中条垂下头,无言以对。好不容易才低语出了一句"对不起",声音却已经十分嘶哑。

"你说对不起?"

武志走到中条面前,拽起他西装的领子,用力极大。中条被武志拽着,跟跟跄跄地走到明代的坟墓前。

"你说什么!这话说了又有什么用?"

中条被武志猛力甩开,一屁股摔在了沙石路上。

"我告诉你,有关妈妈的事,我记得最清楚的,是她牵着我的手走到车站。她相信了你的约定,一直等着你回来。爸爸周六就会回来——她这么说着,拉着我,每到周六就带我到车站去。我们就等在那里,从傍晚一直等到最后一辆车开走。每周都是这样,不管严寒还是酷暑。你知道我们有多盼望你回来吗?"

中条坐正,拳头在膝盖上紧握着。他甚至想,就这样被武志杀死也没关系。

"我一直想着哪一天要把你带到这里来。"武志的语气稍微冷静了下来,说道,"这个人一直在等着你。她的夙愿终于实现了。"

接着,武志绕到中条身后,使劲推了一下他的后背。

"哼,道多少次歉都不够。说真的,我倒是想让你到死都一直在这里道歉。"

中条在墓前双手合十,罪恶感和悔恨像洪水一样涌来。他犯下的沉重罪行,让他感到失去了知觉。到死都在这里道歉——如果能办到,他真想这么做。

"话说在前面,因为你而受尽折磨的,并不只是妈妈一个人。"武志站在中条身后说道,"把我们接回家的爸爸,也因操劳过度去世了。不,遭遇最痛苦的是我现在的妈妈。她与你无冤无仇,却因为你,一辈子都白白浪费了。"

"有什么……有什么我能办到的事吗?"

"现在已经迟了。"武志冷冷地甩下一句话。

"我知道已经迟了。可是这个样子让我于心不安。"

"跟你安不安心没有关系,这样就放过你倒让我觉得不能安心。"

"……"

"不过,"武志说道,"也并不是对你没有要求。首先,我希望你能把我们的事就此忘掉。没有被你抛弃的女人,当然你也就不会有私生子。你和须田武志没有半点关系。"

"可是……"

"没得商量。你没有权利提什么要求,对吧?"

中条陷入沉默。事实正如武志所说。

"还有一样是钱。我要抚养费。"

"多少呢？"

"十万。"

"十万？"中条反问道，"钱要多少都可以，要再多也没有关系。"

"十万就够了。对我们来说，这就是一大笔钱。"武志用鞋尖朝沙石路上踢了两三下，"这十万交给我现在的妈妈。用什么方式给随你，但把你的名字报上不妥。你自己想个能让她安心接受这笔钱的方法吧。"

"交给你不行吗？"中条问道。

"我收了这笔钱，怎么交给她？说是捡来的吗？"

"……我知道了，就按你说的做。还有其他要求吗？"

"没有了。只要这些。你做回你的优秀社长和模范丈夫，好好生活吧。"说完，武志迈开了步子，准备原路返回。

中条慌忙喊道："等等！我们……再也见不着了吗？"

武志连头也没回。"这可是约定，"他答道，"我已经跟你没有任何关系了。既然是毫不相干的人，为什么还要见面呢？"

"……"

"顺便说一句，你到这里来，今天也是最后一次了。给一个陌生人上坟不是很奇怪吗？听好，这是约定。你之前已经违反过一次约定了，所以现在这个约定无论如何都要遵守。"说完，武志继续向前走去。

中条只喊了一声"武志",而他却一步也没有停下来。沙石路上的脚步声渐行渐远。

6

话题终了,中条还是止不住眼泪。究竟是对什么流泪,他自己也不知道。

"两天后,我得知那个孩子被杀了,大吃一惊,难以置信。我本来已经下定决心,即便不能再见面,也要成为守护他的影子。"

武志的死和他有没有关系,是他最担心的事情,因为武志被杀之前来见了他。

"他之所以来见您,是因为他做好了死掉的准备。"高间说道。

"这么说,武志是在知道自己会被杀掉的情况下和凶手见的面,而在这之前和我见了面?"

高间思考片刻,最终用力点了点头。"正是如此。"

"他为什么要这样……"

"事情很复杂,"高间说道,"非常复杂。现在还不能在这里说。"

"已经知道凶手是谁了吗?"

高间的眼睛片刻间不自然地动了一下,然后点了点头。"嗯,已经知道了。"

"是吗。"中条思考着他该做的事情。他想要是能为武志做些什么就好了，却没有想到。高间所说的"很复杂的事情"究竟是什么？他实在摸不着头脑。总之，武志就在那样一个复杂的世界里生活着。"是吗。那请尽快逮捕他……如果可以，尽早联系我。"光是说出这些话，他就已经筋疲力尽了。

"葬礼的那天晚上，出现在须田家的神秘人就是您了吧？"高间问道。

"是的。"中条说道，"虽然武志跟我说好的是十万……"

"须田家需要那十万，因为借款的关系。"高间说道。

高间二人准备起身离开的时候，中条忽然想起一件事，把他们叫住了。接着，他走到书房，取来了一样东西。

"这是我和明代一起生活时的照片，我想或许能对你们起到什么参考作用。"

中条把照片递给高间。照片上是正在编竹子的明代和中条的身影，身后正睡着的婴儿便是武志。

"哦？"高间和上原露出像是看到珍宝一样的表情。正当中条觉得没有什么特别的参考价值的时候，高间发出了"啊"的一声惊叹。

"怎么了？"上原问道。

高间指着照片说："看这里。"

上原也露出了惊讶的表情。

"这张照片上有什么？"中条变得不安起来。他感到自己可能惹来了什么棘手的麻烦。

高间没有回答,而是问道:"这张照片,可以借给我们吗?"

"当然可以。"中条答道。

"那么我们就暂时借用一下了。"高间二人站起身,快步走向玄关。

中条不明白是怎么回事。"这张照片有用处,对吗?"他最后试问了一次。

高间回过头看着中条。"嗯,或许吧。"他说道。

"是吗?那就好。"

"中条先生,"高间摆出一副略微严肃的神色,接着说道,"您犯下的罪孽真是相当深重啊。"

中条似乎被冻住一般站在那里。高间和上原已经走远了。

右腕

1

"中条社长已经承认了,写恐吓信的人就是须田武志。"

芦原被押进候审室,刚和两个刑警面对面,其中之一的高间就把这个消息告诉了他。芦原目不转睛地盯了一会儿高间,终于开了口:"那家伙……果然是那家伙干的吗?"

"你不知道吗?"上原问道。

芦原点了点头,他是真的不知道。

"其中有一些复杂的原委,"高间说道,"先不提那些,事到如今,我们也想明确你和武志的关系。我们已经知道武志就是你的同伙了。"

两个刑警朝芦原看去。只见他把双肘放在桌子上,两手交握,额头压在手上。

"那家伙,"芦原说道,"我不想让他卷进来。所以我决定供述是我一个人干的,就算他死了我也会这样说。"他接着嘟囔道,"那家伙,可是个好人啊。"

"先抽一支吗?"

上原拿出了烟盒,芦原沉默地从盒子里抽出一支烟。

他正望着孩子们慢跑的时候,身后传来了唤他的声音。芦原回过头去,一个身着褪色的训练服、外面套着一件夹克、棒球帽压到眼睛的年轻人正站在挡球网后面。芦原察觉到从两三天前开始,他的身影就会不时地出现。芦原已经从领队八木那里得知他是开阳高中的须田武志,但没有和他说过话。

"您是东西电机的芦原先生吧?"武志走近,向芦原说道。

芦原摆出一副厌倦的表情。如果是熟人另当别论,可一个没和他打过交道的人却来揭他的老底,这是让他讨厌的。"是倒是。"

"我是开阳高中的须田。"

"我知道,那又怎么了?"

芦原本打算用一种尽量甩开他的方式说话,可武志全然没有退却。接着,他几乎要把鼻子贴到挡球网上,凑过来,用聊天般的口气说道:"芦原先生,那种球怎么样了?"

"哪种球?"

武志小幅度地做了一个投球的动作。"摇摇晃晃地落下来的那种球。"他说道。

"无聊透顶。"芦原转向操场。他不打算随便拿那种球来当作话题。

"您还记得我到东西电机参观练习的事吗?那时候您在投球训练场。"

"我记得。领队那边吵吵嚷嚷的,说是有一个厉害的人物可能会加入。结果却听说吃力不讨好。"

"'吃力不讨好'啊。"武志笑出了声,"算是这样吧。那时候我对这家叫东西电机的公司有了点兴趣,于是拜托学长让我去参观了一下。棒球部那边就成了附带的参观。"

芦原哼了一声。"作为附带真是对不住啊。"

"不过,您的那种球可算是我的收获了。"武志说道,"我有种特别的技能,就是好球什么时候都忘不掉。从那以后,我去看了好几次东西的比赛,可是都没看到您投球。很可惜,您忽然就辞职不干了。"

"你看我这腿就该明白了吧?"芦原用拐杖的一头对着地面咚咚地敲着,"全部都结束了。剩下的就是教教孩子们打棒球,聊以满足我的希望。"他朝武志稍稍低下头,"你就别来添乱了。"

"我可没有添乱的意思。我只是想让您教我那种球。"

"我已经忘了。"

"那种球就算是藏在您心头也只能是浪费,教给我才会有价值。"

"自大狂。"

"算是吧。"

"你现在的本事不是足够了吗?天才须田竟然向一个打业余棒

球的废物求教，你不觉得丢脸吗？"

"我这个人不拘名分的。"

"哼。"芦原没有理会武志，朝已结束慢跑的孩子们走了过去。八木也走了过去，两个人开始指导他们进行防守训练。武志在挡球网后面站了一会儿后，便跑开了。

从那以后，武志时不时就会过来。因为他也曾是这个少年棒球队的队员，所以不会添乱。他时常对孩子们说一两句建议之类的话。孩子们自然认识他的面孔，所以很听他的话。

"你来多少次都没用。"只剩下他们两个人的时候，芦原向武志说道，"我至今为止没有教过任何人那种球，以后也没有教的打算。不管你是天才须田还是天皇陛下，都是一样。"

然而武志却什么话也不说，只是在唇边泛起毫不胆怯的笑容。

无视他，芦原想，根本不用搭理那种家伙。

就这样，有一天，他遭遇了另一件事。身为少年棒球队教练员的他突然被解雇了。

虽然八木附会了许多理由，他却马上就明白了真相。曾经陷害芦原的安全调查部部长西胁就在那些家长之中，他就是让芦原丢掉教练员职务的主谋。

被忘却的憎恨复苏了。

毁掉我一生的西胁……那浑蛋这次夺去了我最后的生存价值……

涌上心头的怒气无处发泄，芦原反复体味着对西胁的憎恨，沉溺在酒精里。他连工作也不干了，成天喝酒。

正当他过着这般苦闷日子时,武志造访了他住的公寓。

"听说您教练员的饭碗丢了?"武志稍带挖苦地说道。

这触怒了芦原,他猛地摔碎了身旁的酒杯。玻璃酒杯碰到玄关的柱子上,摔得粉碎,四散开来。"跟你没关系吧?"因为喝了酒,芦原的语调有些奇怪。

"居然把您辞掉,那个领队做了什么吧?"

芦原冷哼一声。"跟领队没关系。西胁那个浑蛋,到底要把我弄成什么样他才——"说到一半芦原就住了口。他不打算跟别人讲起这件事。

然而武志见状说道:"听起来很有意思。"他走进屋子,"这跟西胁有什么相干?"

如果在平时,芦原是不会理睬他的,然而这个时候的他,却想要有个人来听听他的牢骚。酒劲也上来了,因为说出了西胁这个姓氏,酒精的发作也似乎变快了。

芦原把自己为何被公司解雇、令人憎恨的安全调查部的部长就是西胁这些事告诉了武志。

"您竟然沉默地离开了公司。难道不能上诉吗?"武志问道。

"什么证据都没有,证人又被他们收买,我就是再怎么闹也没有用。"芦原拿起一升装的酒瓶对着嘴喝起来,却狠狠地呛到了。他一边咳一边说道:"不过,我也……想过要报复他。"

"报复?"

"是啊,漂亮地干一场。"

芦原将放在屋子一角的纸箱打开，让武志看了里面的东西。武志的表情僵住了。

"货真价实！"芦原说道，"我本想将这玩意儿往身上一卷，一头栽进公司里。特攻队嘛！不过我没这么干，为那种浑蛋去死真是太蠢了。"

武志取出一管硝化甘油看了看，似乎觉得很稀奇。这时芦原想，把所有事都对他讲了，实在很愚蠢。果然这不是该向外人说的事。

"这些都是无聊的事，你忘了吧。"

芦原正准备收拾纸箱的时候，武志嘟囔了一句："这次您也不干吗？"

芦原回头看着他说："你说什么？"

"特攻队呀，"武志说道，"您不干吗？"

"你想让我去干？"

"倒也不是，您什么都不做还能平心静气下去吗？"

芦原拿过酒瓶，咕咚咕咚地喝了起来，然后擦了擦嘴边，瞪着武志。"你要指使我干什么？"

"我没说要指使您干什么。"武志朝纸箱里看了一眼，又把视线转回投在芦原身上，"我是想，也不是没有手段把这些小道具用起来。比如说……把这个安在那些浑蛋的公司里怎么样？"

"炸弹？"芦原凝视着半空，这是他至今想都没想过的事。然而，他恍然清醒过来，又急忙摇起了头。"不行，不行，我都说了些什么!"

"您不想就算了。"武志干脆地合上了纸箱,从裤子的口袋里取出手帕,接着嘶的一声擤了一下鼻涕,又把手帕放回了口袋里。

事实上,芦原当时的心正在动摇。他不想半点复仇的表示都没有就让这件事过去,但像特攻队那样的做法并不可取。他想,武志的建议倒是个绝妙的主意。

"但是……说到安放,这可不是简单的事。"芦原终于说出了口,"外人进出公司要经过严格的检查,而且我这样一条腿很不方便,更会引起怀疑。"

"所以嘛,"武志说道,"我来帮您。炸弹由我来放,怎么样?"

芦原看着他。武志撇了撇嘴。"不过,有个条件……是吗?"芦原问道。

武志点头道:"是的,有个条件。"

条件是,武志想要芦原把那种变化球教给他。

"我不明白,"芦原说道,"为了这种事,你居然会帮别人犯罪?"

"我也有各种各样的理由。"武志用手指蹭了一下鼻子,"而且我同情您,真的。"

芦原咬着牙,慢慢叹了口气。"好的,我知道了。但有句话我得说在前头,我无法保证能教会你那种球。"

武志低下头。"这是为什么?"

"就连我自己也还没完全掌握那种球。"说完,芦原在武志的面前摊开了右掌。

看着芦原摊开的右掌,高间和上原的脸上显出始料未及的表情。他保持这个姿势,将左手食指指向了右手中指的指尖。

"这根手指上有一处小伤口,是不是?这是我在东西电机工作的时候,被切削机弄伤的。如果被安全调查部的人发现就糟了,所以我偷偷地治疗了一下伤口。"他盯着右手,弯了几下指尖,"事实上,我能够投出那种与众不同的球,也正是那之后。我本来打算投直球,可指尖会突然出现发麻的阵痛,球时常就这样被软绵绵地扔了出去。那时候,接球手就对我滔滔不绝地说,球的轨迹似乎发生了奇怪的变化,会说:'喂,这是什么球,不错嘛!'而对我来说,这只是偶然的结果,并不是自己主动在操控,因为我不知道指尖的痛感什么时候会发作。不过我也在某种程度上有意识地开始投球了,然而因为突发性的疼痛发作,不由自主地投出的球,变化就更大了。球投出去的瞬间,应该让中指硬直起来,可是我没能正确把握那个度。"

芦原扑哧一声笑了。

"仔细想想,这正是魔球了。因为这种球不顾投手本人的意愿,时隐时现。我想,这就是上天一时高兴赐给我的礼物。这是上天对我这个并没有很大天赋却只顾拼命打棒球的男人,格外开恩而赐予的礼物。"

"那你是怎么教武志的?"高间问道。

"要反复试验,因为我自己都没有完全掌握。"

"武志接受了吗？"

"他也不得不接受了。"芦原答道。

正如芦原所言，那确实是反复的试验和失败。武志从学校回来，马上就到石崎神社里不断进行那种找不到方向的努力。武志自不必说，芦原也是铁了心。武志的气魄感染了他，但他更是被一种心情驱使着：这也许是自己做的与棒球相关的最后一件事了。

然而魔球并没能再现。芦原回忆着以前的情形来投球，但什么也没发生。那时候的事简直就像是一场梦一样，球笔直地行进，笔直地落了下来。

芦原跟北冈明见面就是在那个时候。当时他刚结束与武志的练习，在回家的途中被北冈叫住了。

北冈做了自我介绍，向他问起了和武志训练的原因。当时，北冈因为有事去了趟武志家，听说他在神社后就赶了过去，目睹了两个人的秘密训练。

芦原没有办法，只好说出了真相。不过他隐瞒了炸弹计划这一节，只说在练习一种他曾经投过的变化球。

"既然是这样，一开始也跟我商量一下嘛。"北冈摆出一副别扭的神情。

"他是打算掌握了变化球后再跟你说的。因为要接住那种球很麻烦，接球手也必须接受特别训练。"

"这么厉害的球？"北冈看上去很惊讶。

"那可是魔球。"芦原半开玩笑地说道。

"魔球啊……"

"不过，问题是要能学会。"

"什么时候能学会呢？"北冈问道。

"不知道。这样下去或许永远也学不会。"芦原接着补充道，"这不是开玩笑。"

随后，他拜托北冈保密，不要对武志说起这些事。他们约定在魔球成功之前，对谁都不透露。

就这样，日子一天天过去。某个星期五，武志来到了芦原住的公寓。

"我做了这个玩意儿。"武志在芦原面前摊开一张纸。那是一张包装纸的背面，上面画着设计图。

"这是什么？"芦原看着图纸问道。看上去是在一个方形的盒子里放着一个弹簧。

"只是个定时点火装置罢了。"武志漫不经心地说道。

"点火装置？"芦原吃惊地盯着纸。

虽然是徒手画的，但连精细的规格都写在了上面。

武志一边指着图，一边说明："从这个地方伸出电线，跟干电池连在一起。然后在这个空当里放进干冰。时间一过，干冰升华，开关就打开了。就是这个原理。"

"原来如此。"说着，芦原用力咽了一口唾沫。

"只要这个做成了，剩下的就交给我吧。"

"什么时候行动？"芦原问起了行动的日期。

武志当即回答:"三天之后。"

三天后,芦原一早就开始坐立不安。他把自己关在屋子里,仔细听着收音机。武志对于他的计划什么也没透露。芦原指示他把炸弹放在哪里、利用什么时机安放,但什么时候让它爆炸却是武志决定的,芦原对此全然不知。

武志只是说了一句:"总之,交给我吧。"

芦原无心做事,等着收音机里传来事发的新闻。而在等待时,他又清楚地感觉到心中生出了一丝罪恶感。那么多硝化甘油一旦爆炸,会造成多大的损害,他拿不准。数人因此死亡?或者可能会殃及与他毫无干系的人。

他看了一眼钟,将近中午。马上就会有消息了吧,他想。这取决于武志用了多少干冰。说起来,武志都没交代过会去哪里弄干冰。

令人无法平静的时间流逝着,芦原的呼吸始终不规律,手掌擦了又擦,却还是汗津津的。

然而东西电机被炸的新闻始终没有传来,取而代之的是晚间新闻中说,没能爆炸的炸弹被安放在了东西电机。

"怎么回事?"第二天武志过来的时候,芦原诘问道。

武志却气定神闲。"是说了安放炸弹,可是我没说让它爆炸嘛。从没说过。"

"……你在骗我吗?一开始就这么打算的吗?"

"这可不是骗您。我只是打算满足您的复仇心罢了。您昨天心情如何?"

"……"

"您后悔了是吗？后悔不该听我这家伙的挑唆？一想到是因为自己让别人送死，您怕了吧？这么一想，您的复仇也该罢手了吧？"

芦原咬住嘴唇盯着武志，虽然很不甘心，但也正如武志所说。被武志的想法所摆布着实让他恼火，但事到如今，他确实感到安心。

"所以嘛，"武志说道，"忘了这些不痛快的事，接下来您就教我魔球吧。这样一来，我就能闯进职业棒球界，拿一大笔契约金，到时候我会酬谢您的。"他微微笑了起来。

"你告诉我，"芦原说道，"既然你一开始就是这么想的，为什么还要真去放炸弹？既然打算跟我说这番话，你假装安放了炸弹不就行了？"

"我刚才不是说了嘛，"武志说道，"放炸弹是约定好的。我可是个遵守约定的人。"

就这样，两个人的特训又继续了下去，却依旧看不到进展。选拔赛结束后，武志造访了芦原家。他说要暂时中止和芦原的训练，代之以与北冈组合进行特训。

"北冈说他想一起来练，于是就这么决定了。那家伙好像知道了我和你之间的事，听说是在神社里偶然撞见了。"

"这样啊。"芦原点头道，"不过这样一来，说不定就会有起色了。"

"接下来可能还要拜托您。"

"随时都行。"

"麻烦您了。"武志说道。

"彼此彼此。"芦原应道。

"我见到那家伙,那是最后一次。"芦原双臂环抱,长叹一声,"想一想,他真是个有趣的家伙。"

高间拿着圆珠笔在指间来回转着,停下来的时候,笔尖恰好指向芦原。"你看选拔赛了吗?开阳队出场的那场比赛。"

"没看,但是用收音机收听了。结果以一记一反须田风格的暴投结束了。"

"你怎么看那记暴投?难道不能认为那是一个变化球吗?"

"那个嘛……"芦原低下了头,"因为我没看见,所以什么也说不上。如果真是那样,那就是在最后关头练成了魔球。不过,那种局面下他会冒那个险吗?"

"北冈在那天写下'我看到了魔球'这句话。至少,他认为最后的暴投就是你和武志一直在练习的魔球。于是他才向武志提出要当训练搭档吧?"

"可能是吧。"芦原想,那种紧迫的场面下试投新的变化球,正是须田的一贯作风。

"那么……"高间站起身来,接着又重新坐到了椅子上,看着芦原说,"魔球的事我们知道了,炸弹案的真相我们也清楚了。只是,有一点你在撒谎。不,说撒谎还不正确,是隐瞒。你跟我们说了这么长时间,不过是围绕最深处的秘密闪烁其词罢了。你在有意地避开那个部分,对吗?"

高间说完，调查室中的氛围陷入了一种难以言状的沉默中。空气中弥漫的灰尘似乎慢慢地沉淀到了地板上。

"为什么你要把那一节隐瞒起来，我们多少是知道的。我们很理解你的心情，不过，你不能因此就回避。"高间平静地继续说道，"就是关于右臂的事情。"

2

田岛恭平停下复习备考的手，望向窗外。电线杆上架着几根电线，远处可以看见月亮和星星。月亮上轻轻蒙着一层云。

须田武志的脸浮现在他眼前。或许是因为他想到了明天棒球部训练的事情。

一想到棒球，田岛的头就疼了起来。他感到至今为止的记忆正在急剧地褪色。事到如今，自己都干了些什么？

老实说，田岛已经不再有握球的勇气了。自从知道了那件事以来，他就变成了这样。

他察觉到这种变化，是在之前的红白对战上。发生口角的时候，直井脱口而出的那句话便是导火索。

须田的右臂没了，开阳队就什么都没有了——

这句话的意思是开阳队什么也没有了。然而田岛却想着别的事情，那便是对须田本人来说，他的右臂要是没了，不也就什么都没有了吗?

田岛这么想是有依据的。

第一个依据是,那个姓高间的刑警提示过他须田可能在进行变化球的训练。能投出那样的强速球且从来没依赖过变化球的须田,为什么会到这个时候做这种事?难道是因为发生了什么事情,让他感觉到了球的威力极限吗?

第二个依据是北冈从图书馆借走的两本书的书名,那两本书都是有关运动致伤的书。田岛去图书馆查了一下与之类似的书,有《运动与身体》《运动外伤》《运动致伤对策》。他得知,这些书全部在最近被北冈借过。很明显,北冈是在查找有关肢体受伤的资料。那么,这究竟是为什么?

会不会是须田的右臂或者肩膀出了什么问题?这是田岛得出的结论。而这样一想,有一件事就变得合情合理了。北冈死后几天,三年级的成员集合过一次,那个时候泽本说了一番话。北冈在决定训练比赛成员的时候曾说过,要让田岛和泽本搭档打头阵。泽本因为觉得那是北冈恶意的玩笑而感到愤慨。或许那并不是玩笑,而是北冈的真心话。难道那不正是北冈出于减轻须田的负担而做的考虑吗……

长年一个人投球的须田,在最后关头面临着悲惨的命运。他试图研究出魔球,以此作为渡过危机的一张王牌。

悲痛再次向田岛袭来。那是连他自己也捉摸不透的悲痛。他与须田不是特别亲近,事实上,他对须田的死怀有多深的伤痛,连他自己也不知道。即便如此,他现在的悲痛却是货真价实的。

田岛把自己的推理告诉了高间,并让勇树也同席。高间和勇树都从头到尾认真倾听了他的话。高间不时点头,发出钦佩的声音。勇树则始终沉默着。

田岛当时并不知道自己对刑警说的那些是不是对的,现在也仍然不知道。

只是田岛有一件事没有对刑警说,因为那是个不怎么准确的推断,所以他没有说出口。

可是……田岛想,那个刑警应该注意到了。这么想的依据是,临别的时候,他看见刑警的眼睛如他所料地显出了悲伤。

3

高间一边走向手冢麻衣子的家一边思考着应该怎样打开话题。必须考虑一种让她说得出话的办法,然而那个办法他却始终想不出来。

今天早上他跟开阳高中联系的时候,对方说麻衣子还是老样子,正在停职。高间准备问问她的情况,就让森川过来接电话,但森川今天也缺勤了。

"听说手冢老师从今天起要到她长野的亲戚家去,暂时不会回来,森川老师说不定是为她送行去了。"接电话的事务员给高间带来了重要的信息。

于是,高间和小野匆忙赶向麻衣子家。

到达后,高间轻轻地敲了敲玄关处的门。一声轻轻的回应后,门打开了,随即出现的是麻衣子苍白的脸。她见了高间,"啊"的一声微微张开了口。或许是马上就要出门了,她化了漂亮的妆。

"我有些话要问你,可以吗?"

"嗯,不过……"

她似乎担心着屋子里的情况,高间察觉到了。

"森川在这里吧?我们倒不介意你们在一起。"

她朝屋里看去。紧闭着的推拉门唰地打开了,森川的脸探了出来。"果然是你,"他的脸上浮现出一丝苦笑,"你找她还有什么事?"

"有点小事情,"高间说道,"稍微打扰一下,行吗?"

"有什么不行的,是吧?"森川朝麻衣子说道。

她低下头沉默着,许久才小声说了一句:"请进。"

室内收拾得很干净,那张矮桌还留着,但高间上次来的时候看见的折叠小桌和茶柜消失了。这说明旧家具被卖掉了。房间的一角,一个大波士顿手提包和一个稍小些的运动包并排放在一起。

"听说你马上就要去长野那边了?"高间问道。

麻衣子正坐着点点头。

"我正在做最后的劝说工作。"森川吸着烟,啪嗒啪嗒地将烟灰抖落在矮桌上的烟灰缸里,"我让她不要走,特地向学校请了假。"

麻衣子沉默着。

"为什么要走?"高间问道。

麻衣子在膝盖上擦着手掌。"我累了。"她嘟囔道。

"你说累,是因为工作?"

"……有很多原因。"

"我听说你和森川的事在学校已经闹出风言风语,这造成了一些问题。是这个原因吗?"

"那种事情,无视就行了。"森川狠狠地吐了一口烟,"老师也要恋爱的嘛。堂堂正正地恋爱就行了,反正时间一过,大家就见怪不怪了。"

"不是这样的!"麻衣子突然提高了声音。

森川吃了一惊,叼着烟看着她。高间也吓了一跳,不由得伸直了脊背。

她或许也因为自己的声音太大而害羞了,用双手捂住了脸颊,控制住声音,又说了一遍,"不是这样的。"

"那是怎么回事?"森川发出焦急的声音,将香烟掐灭在烟灰缸里。

"所以……我要再想想。"麻衣子仍旧捂着脸颊小声说道。她的眼眶以及从眼眶至耳朵附近微微泛红。她肤色白,看起来特别明显。

"是因为教师的职责、教育之类的……现在这个样子,我已经不能站在讲台上了。"

"你为什么突然说这样的话?出什么事了吗?"

"这……"麻衣子的手放了下来,在膝盖上握紧,似乎在表示不能说。

看来可以开始了,高间想,现在她的心正在动摇。

"那么,先回答我的问题,行吗?"高间说完,她抬起头。

高间正要往下说时,房间角落里的电话响了。

麻衣子站起身,过去拿起听筒。错过时机了啊,高间内心懊恼。

"打给高间的。"她捂住听筒转过头来。

好像是从搜查本部打来的。高间接过了听筒。

本桥的声音传来。"须田勇树被送进医院了。"

"什么?怎么会?"

"是真的,据说他在去往学校的途中被人袭击了。不过只是左臂受了伤,生命倒是无恙。"

"本桥,这是……"

"嗯,可能正如你所想。现在我正派人彻底调查现场。对了,你那边怎么样了?"

"才刚刚开始。"

"是吗,那边你处理就好。"

"应该没问题。"挂断电话,高间首先对小野说道:"须田勇树被人袭击,手臂受伤了。"自然,森川和麻衣子也听到了,脸色俱变。

高间面朝麻衣子的方向重新坐下。"我们基本上已经推测出了真凶。而且你也知道凶手是谁,不是吗?"

麻衣子深深地低下了头。"我什么也不知道……"

"喂！高间，这是怎么回事？"森川用责备的语气说道。

高间接着刚才的话说道："你之所以要撒谎，恐怕是为了教育吧？不过已经没什么意义了，继续下去只会延长这场悲剧。这个道理，你自己难道不是最清楚不过吗？"

"我……"说完，麻衣子便一动不动了。她睁大眼睛，仿佛凝视着浮在空气中的某样东西。最终，她那双眼睛里蓄满了泪水，汇成一道流过脸颊。

4

勇树被抬进了当地大学医院的外科诊疗室。高间和小野到达的时候，一个姓相马的侦查员正在等候。

"他现在正在三〇五号病房，跟他母亲在一起。"

"受了什么伤？"

"伤在这里，"相马指着左臂的根部说道，"是刺伤，伤口倒是不深。据他说，是他从自家出来后，在离家三百米左右的小路上遇袭的。那确实是个少有人来的地方。他骑着自行车，凶手突然从阴影里出现，袭击了他。被刺伤后，他从自行车上滚落下来，然后大声求助。凶手身高在一米七左右，年龄三十多岁，长相没有看清楚。袭击他的时候，凶手叫嚷着'你哥之后就是你了'。"

"'你哥之后就是你了'……"高间用右手揉着左肩，无意识地叹了一口气,"凶器呢?"

"有把刀落在他身旁,好像是把水果刀。看样子是新的,可能是最近买的,专为今天准备。"相马用略带讽刺的口吻说道,"现在鉴定人员正在鉴定,但上面没沾上指纹。而且刀口和北冈明、须田武志的伤口不一致。"

"目击者呢?"

"没有。"相马怏怏地说了一句。

"是吗,那得见一面了。是三〇五号病房吧?"

高间二人准备走的时候,相马说道:"拜托了。大家都对你们抱着期望,想要就此了结这件事。"

高间抬起右手回应。

侦查员们已经察觉出某些情况了。

走过散发着医院特有气味的走廊,最里面的一间就是三〇五号病房。高间在门前站住,做了个深呼吸后才敲响了门。开门的是须田志摩子。

"啊,刑警先生……"

"真是糟糕啊。"高间语气温和地说道。志摩子脸色十分憔悴。武志被杀,勇树遇袭,脸色苍白是理所当然的。

"打扰一下,行吗?"

"嗯,请吧。"

"失礼了。"高间走进病房,正前方墙壁上挂着的校服映入了他的眼帘。校服的左肩部有一个洞,周围染着一些奇怪的颜色,应该是血迹。

勇树在床上，双腿裹在毯子里，上半身坐了起来。左肩被绷带包着，看上去很疼。他看到两个刑警，神色似乎有些紧张。

高间回过头看向志摩子。"抱歉，能不能让我们和您儿子单独待一会儿？我们有很多事要问他。"

"啊……这样吗？"志摩子露出困惑的神情。或许刚才相马在听取情况的时候，她是在场的吧。但她什么也没问，只说道："那如果有什么事随时叫我，我就在候诊室。"说完，便离开了房间。

病房里只剩下勇树和两个刑警了。

高间将手伸进西装内袋，准备掏出烟，但又马上注意到这里是病房，手便收了回来。接着他走到窗边，朝外望去。窗下方灰色的瓦屋顶密密麻麻排在一起，几处晾晒场上，洗好的衣物正在随风摇摆。

"伤口疼吗？"高间站在床边问道。

"有点。"勇树看着前方答道，发出喉咙被阻塞一样的声音。

"突然出现的吗？"

"哎？"

"凶手。刺伤你的凶手，是突然出现的吧？"

"啊，是，是的。"勇树轻轻地抚摩着用绷带包住的左肩。

"从左边出现的？还是右边？"

勇树的嘴微微动了一下。"我记不清了，"他说道，"一瞬间的事情，我没搞清楚。我当时正在发呆……等我发觉的时候，人已经到面前了。于是我慌忙捏了车闸。"

"然后他拿着刀就向你扑了过去。可是你不记得他的脸了。"

"因为事出突然……而且他马上就逃走了。"

"原来如此,突然出现,又突然消失了。简直跟幽灵一样。"

高间说完,勇树的视线不安地动了起来,手紧紧抓住毛毯。

"凶手说……'你哥之后就是你了',所以我想,跟杀害我哥的凶手是同一个人。"

高间没有回应勇树的话,而是再次把视线投向了窗外。蓝天下,不知何处,一束灰色的烟正在上升。

"不,不一样吧。"高间的侧脸向着勇树,冷静地说道,"杀你哥哥的,和杀北冈的凶手是同一个人。而伤你手臂的,却另有其人。"

"不对……这一切都是同一个凶手干的。"

"不是。"高间盯着勇树的眼睛说,"事实上,在来这里之前,我已经见过目击证人了。因为另有隐情,那个人一直保持沉默,但最终还是向我们说出了实情。"

高间在病床旁边的椅子上坐了下来,向勇树那边探过身子。勇树或许正咬着牙,只见他的嘴角颤动着。

"凶手是……须田武志。"

"胡说!"勇树用力地摇着头。这个动作大概弄疼了伤口,他皱起了眉头。

"这并不是胡说,你应该比谁都清楚。你哥哥杀了北冈,为此他自杀了。刚才我也说过了吧?杀北冈和杀武志的是同一个人。"

"那右臂又是怎么回事?"

高间没有回答这个问题,而是反问道:"你知道东西电机的中条健一这个人吗?"

勇树摇头。

"他是武志的亲生父亲。"

"什么……"

"武志在死之前,曾经去见过那个人……"

"我哥……找他爸爸……"

"我们也调查了很多。"

高间一直想避免在这个场合说出关于炸弹案的复杂的来龙去脉,先让勇树冷静下来才是更好的做法。

"我们思考了此事的意义,这才浮现出一个想法:武志恐怕是自杀。他会不会是在死之前特意去见了一下自己的亲生父亲?但他为什么非死不可?与北冈被杀的事有关系吗?这时我们就想到了田岛的那番话。于是我确信,是武志杀了北冈。"

"不是的,我哥不会做这种事。"勇树扭过身,背朝高间。他的背轻微地颤动着。

"关键就在凶器上,"高间说道,"导致北冈和武志死亡的凶器是什么?这就是关键。我疏忽了,真的疏忽了。我眼看着那件凶器的藏身之所,却没有注意到它。"

高间从怀里拿出一张照片,放在了勇树的面前。这张照片是从中条那里借来的,上面是和中条在一起做着竹制品的明代。

"这个是你哥哥的亲生父母。看见这个女人右手上拿着的一把小刀了吧？这是用来切削竹子的工具。这就是这次一系列案件中的凶器。"

勇树看着照片，无言以对。

高间没有理会他的反应，继续道："以前你给我看过武志珍爱的东西。那是他亲生母亲的遗物，一个护身符、一个竹子做的人偶和一件做竹制品的工具。然而那里面却没有这把小刀。为什么没有呢？那是因为它被用来实施犯罪，之后被处理掉了。要做竹制品就必须有刀子之类的东西，我们本该更早就注意到的，所以说是我们疏忽了。"

"可是，不是没有那把刀使用过的证据吗？"

"有。昨天晚上侦查员去你家借了几样武志的遗物，对吧？那个遗物盒就在其中。调查显示，盒子出现了鲁米诺反应，和北冈的血型是一致的。恐怕武志在刺杀了北冈之后，将小刀暂时放回了盒子里。"

高间接着说，他核对以前的记录，调查了须田明代割腕自杀时用的利器。正如预想，她用的就是那把小刀。小刀的形状和尺寸也留下了记录。他向法医出示记录并询问，得到的回答是：和北冈明与武志的伤口一致。

"你能告诉我们真实的情况吗？"高间从椅子上站了起来，俯视着勇树，"我们知道，你知晓全部情况。而你把你哥哥的右臂锯下来的事，我们也知道了。因为除了你以外，没有人能做到。倒不如说……"高间压低声音继续说道,"武志能将这件事托付的人,除了你以外应该没有别人了。"

勇树的背停止了轻轻的颤抖。高间俯视着他,在一旁等待着。

无言的几秒钟过去了,走廊里响起了跑动的声音。

终于,勇树开了口,高间站在那里握紧了双手。

"这是我哥拜托我的第一件事,也是最后一件事。"

勇树哭了起来,他用右臂盖住脸,放声大哭,激动得简直像要倾吐出什么似的。两个刑警也只好暂时看着,别无他法。

"那天我从学校回来,看见桌子上放着一张纸条。那是我哥的字。"哭了几分钟之后,勇树缓缓开口道。似乎扫除了什么障碍,他的语气很沉着。

"纸条上写着什么?"高间问道。

"上面写的是'八点钟到附近面馆前的电话亭等着'。"

"电话亭吗?那么,你按照上面说的做了,对吧?"

"嗯。到了那里,有个电话打了过来。"

高间点点头。和他预想的一样,这和联系中条时用的是同一种方法。

"你哥哥说了什么?"

"他说,等过三十分钟左右,尽量多拿些大的塑料袋和旧报纸,到石崎神社后面的树林里去。还说,绝对不要让人看见。我问他原因,他没有告诉我。他说'来了就知道了,我等着你'。"

"'等着你'……"

"究竟是什么事——我这么想着出发了。正好是八点三十分。"

勇树看着远方,说了接下来的事情。

5

石崎神社那一带即便是白天也少有人来,夜里九点之前已是漆黑一片,独自一个人走在那里都会感到不安。勇树按照武志所说,带着塑料袋和旧报纸走上了长长的坡道。他能看见坡道前面的些微灯光,那是石崎神社里的长明灯。勇树朝着那个方向迈开了步子。虽说已经四月份,这天晚上却相当寒冷。

穿过鸟居,走进神社,里面一个人也没有。勇树笔直地前进,在香资箱前面站住,环顾四周。在灯光能照及的范围内,一个人影也没有。

哥哥说他在神社后面的树林里等着。

真是选了个奇怪的地方等人,勇树想。或许是为了特别训练的需要,但他又发觉,在灯光照不到的地方进行训练岂不是没有意义了。

从神殿的旁边穿过,再绕到神社的后方,四周突然暗了下来,连脚下都看不见。不过缓缓行进了一会儿,他的眼睛稍微习惯了黑暗。穿出松林就来到了一片宽阔的地方,这里有月光照着,连地面上的小石子都能清楚地看见。

"哥,你在哪儿?"他试着唤了一声,但没人回应,只有自己的声音回荡在黑暗中。

勇树从这里前进数步便停住了。他看见正前方一棵粗大的松树下蹲着一个人。那件训练服是他所熟悉的,那一定是武志。

"怎么了?"勇树问道。

武志却没有动弹。他想或许是哥哥难得跟他开一次玩笑。

"哥,你到底在干什么——"

勇树之所以没再继续说,是因为武志的右手映入了他的眼帘。那只右手握着一把刀,手掌上沾染了大量的血。

勇树感觉到有什么东西正在涌向喉咙,他跑到武志身边。武志盘腿而坐,身子向前倾着。他扶起武志,只见凝成块的血黏糊糊地从下腹流出。

勇树的胸中似乎有什么炸开了,他发出一声叫喊。这叫喊声毫无疑问是他自己的声音,但感觉却像是从别的世界里传来的。不光是声音,一切东西都让他觉得不是在现实中。

让他恢复正常的是武志突然睁大的眼睛。一看到那双眼,勇树便发不出声音来了。武志的眼睛仿佛在告诫弟弟:别吵。

"哥,这是怎么了?"勇树把手放在武志的背上哭着,泪水止不住地往下流。

哭了好一阵,勇树才注意到旁边放着一张折好的白色便笺纸。最开始的一行写着"勇树"。

"它就放在我校服口袋里的护身符袋子里,能帮我取一下吗?"勇树说完,小野便动作迅速地取了出来。

"我哥的信就在那里面。"

"我能看吗?"高间问道。

"嗯,请吧。"勇树答道。

勇树:

　　因为时间没剩多少,我就只抓要点写了。我想这些内容对你来说会很痛苦,但希望你能够挺住。而且这里写下的一切,请仅仅把它留在你的心里。

　　北冈是我杀的。

　　当然事出有因,但这个没有必要写在这里。因为就算你知道了也于事无补。

　　现在重要的并不是这件事情。

　　现在最重要的是,这样下去怕是警察最终会知道我就是凶手。如果事情变成那样,我们就没有未来了,而我们兄弟从孩提时代开始构筑的东西也会全部崩塌。我会被关进监狱,你未来的路也要被斩断,而妈妈一定会为此深深地悲痛。

　　为了避免这个局面出现,我必须制造出凶手绝对不是我的情形。于是我想到了一个办法,现在除了这一招没有其他办法了。

　　这个办法就是:制造我也是被别人所杀的假象。北冈被杀,须田也被杀,想到这是以开阳高中的投手和接球手这对搭档为目标的连环杀人案,警察一定会把凶手看成是同一个人。这样一来,我就不会有杀北冈的嫌疑了吧,你和妈妈也不会因为成为"杀人犯的家人"而遭到排挤了。

我没有什么遗憾,但有一件事没能做到,那就是向妈妈报恩。她将与她毫无血缘关系的我像亲生儿子一样养育长大,我就算是搭上一辈子也要报答这份恩情。我是打算报答的,作为报答的方法,我选择了棒球。

事到如今,我已经打不了棒球了。虽然是添尽了麻烦而就此别离,但这个时候我也没有办法了。

接下来的事我只能托付于你。万幸你跟我不一样,拥有你爸爸遗传下来的好脑子,一定能给妈妈带来幸福。要是再迟一年,我应该能为你们带回一笔钱,但到头来我没能办到。对不起,你们今后一定要像从前一样,母子合力活下去。我是被当作长子养育大的,作为长子却一事无成。从今以后你就是长子了,我没能做到的那份,请你努力帮我做到。

没时间了,赶紧吧。

就是这样了,我接下来就死了。这是我用自己的行动做出的了结,与世人所说的自杀不同。在这里,作为哥哥,我提出最后一个请求,我要你帮助我完成这样的了结。要做的事需要花些功夫。你把我的右臂锯断,别让别人看见,放到什么地方处理掉。这样一来,从哪个方面来看都像是他杀。锯手臂用的锯子，我应该已经放在旁边了。

这里有一个重要事项是，锯断的必须是右臂。说明我就省略了，这一点要严守秘密。锯左臂、右腿都不行。

还有，锯子、小刀也要和右臂一起处理掉。如果这些东西被发现了，这个好不容易实行的计划就有可能被毁掉。

我要告诉你的事情只有这些，但恐怕你无法接受吧。不过你要忍耐住。真相这种东西，和你今后的人生比起来是微不足道的。你想起我的时候，就当作我是被一个怪物抓住杀死了。那个怪物的名字可以叫作魔球。如果不是见到了这个怪物，我也会考虑一下别的道路。

最后，我必须向你道谢。因为有你在，我一口气都不能放松，再艰难的事情也得以坚持了下来。真的谢谢你。

现在我已经没什么要写的了。最让我担心的是你能不能善始善终地完成这件事。但我相信你能办到。

那就拜托了。

　　　　　　　　　　　　　　　武志

读着写在白色便笺纸上的遗书，勇树止不住泪水，纸上的字渐渐变得模糊。他拿着便笺的手轻轻颤抖着。

那就拜托了。

最后一句话重重地沉到了心底。至今为止从来没有向弟弟请求过什么事的哥哥，最后的最后却拜托了他。而那也是与武志这个人相符的请求。

勇树把遗书放进裤兜,用袖子擦干眼泪站了起来。没有时间了——确实如此,处理得越迟,他就越担心哥哥搭上性命的行为会白费。

就像遗书上写的那样,松树旁边有一把折叠式锯子,似乎是武志特意为此买的,锯子上还贴着价签。

脱掉毛衣和裤子,又把鞋脱了下来,接着,勇树拿起锯子,架在了武志右臂的根部。他再次看了一眼哥哥。快点干——他觉得哥哥似乎在这么说。

勇树闭上眼,横下心拉起了锯子。嘶的一声响过,锯子马上就不动了。他战战兢兢地睁开眼睛,发现锯子缠在了衣服上,只能移动五厘米左右。他从武志的右手上取下小刀,先将衣服割了下来。武志肌肉发达的肩膀裸露了出来。他再次架好锯子试着锯了一下,这次皮肤被锯破了。为了忘掉恐惧,他胡乱抽动着手臂,但马上又停住了,锯子的刃被皮肉缠住了。

之后他已经顾不上其他了。数次将锯口重新对准再锯,时不时取下缠在锯条上的肉,擦掉上面的血。这样反复做了几次之后,他终于明白,想使尽力气一口气锯断是不可能的。

他不知道用了多长时间,总算把右臂锯断了,彼时,他的全身已经浸透了汗水,身心都如烂泥一样疲软了下来。中途他几次想要呕吐,但还是咬牙忍了下来。

四周都沾满了血。他从地上捡起右臂,放进带过来塑料袋里,接着又用报纸包好。锯子和小刀也一同包在了里面。勇树现在才明白哥哥为什么要他带塑料袋和报纸过来。

他的手和脚上都溅到了血,但衬衫和短裤似乎并没有那么脏。染血最严重的是袜子,他便也脱下来用报纸包上了。

接着,他将脚底等沾上了血的地方用武志的衣服擦干净——这样虽然有些过意不去,但他想哥哥会原谅他的——他穿上毛衣和裤子,光着脚穿上了运动鞋。

因为是脱下鞋做的,地上留下了一些袜子的痕迹。勇树还是慎重地把它们擦除了。而运动鞋的足迹也应尽量抹掉,但他又想不必这么神经质。武志和勇树穿的是一样的鞋,而且尺码也相同。况且是最近刚买的,磨损程度上相差无几。

离开现场的时候,勇树的脑海里浮现出一个想法。他觉得这是个绝妙的主意。于是他在武志身边的地面上写下了"マキュウ",才离开现场。

接下来,勇树觉得自己好像已经不顾一切了。他警觉着不被人看见,穿过夜晚的街道回到家中。他知道母亲还没有回来。报纸里包着的东西,他暂且放在了附近垃圾箱的阴影处,准备找机会在当晚处理掉。之后勇树脱下衣服仔细检查了一遍。衬衫的肩头处微微沾了一点血,想来这点程度母亲是不会留意的。此外,他的指甲被染成了红黑色,应该是擦拭锯子的时候沾上的。因为洗也洗不干净,他便用指甲刀剪了下来。

不久,志摩子就回来了。

6

"因为我哥没有回来,我就出去找他。我假装去了神社,中途捡起了那堆报纸,就这样去了逢泽川,接着又把报纸装进准备好的另一个塑料袋,再用石头填满,从桥上扔了下去。我没有自信不被发现,但是除此之外我想不到别的办法了……至今为止都没被发现,我觉得真是万幸。"

呼——勇树发出一声叹息。这是把一切都倾吐出来之后的叹息。

"这就是那天晚上发生的事。"勇树的脸上已经没有了痛苦的神色。

高间听完了他的话,再次读了一遍武志的遗书。遗书语气冷淡,但高间深切体会到了武志的痛苦。"我想问一件事。你为什么要写下那个信息?就是'マキュウ'的字样。"

勇树低垂着眼睛,轻轻摇了一下头。"现在想起来,我是做了件多余的事。当时我思考着有什么得知真相的办法,而线索就是魔球这个词。我找不到头绪,就只好这么做了。那样的话警方就会进行许多调查,如果得知调查内容,或许我就能知道事情的真相了,而且是只有我一个人知道。因为只要我哥被当成被害人,就不用担心警察会反应过来。"接着勇树后悔地小声说道,"我为什么要做这种事啊。"

病房又陷入沉默,这次的沉默却没有那么沉重了,仿佛是因为没有什么话可以说了而暂告休息。稍微坐得远一些的小野正静静地做着笔录。

高间问道:"那你知道真相了吗?"

稍微停顿了一下之后,勇树答道:"嗯,知道了。"

"但是让我们知道真相就糟了,于是为了让我们觉得凶手另有其人,你想制造一出骗局,"高间指着勇树被绷带包扎着的左肩,"甚至故意弄伤了自己的身体?"

"晚了,"勇树摇头道,"一切都晚了。"

"结果都是一样的。你能告诉我你所知道的真相吗?"

勇树露出一丝疲倦的微笑。"可你们不是已经知道了吗?"

"我想听听你的看法,"高间说道,"可以吗?"

又是一阵沉默后,勇树轻轻点头。"是田岛那番话让我知道了一切。"

"是关于右臂的事,对吗?"

"嗯,我觉得北冈学长或许正要向森川老师说我哥右臂的事情。那天晚上,北冈学长就是为了这个出门的。"

"这件事被你哥哥知道了吧?"

"不,"勇树摇头道,"我想他并不知道。右臂恶化的事情,我哥应该是让北冈学长保密的。不过北冈学长虽然瞒着这件事,但看我哥那样投下去一定很辛苦,所以才去了老师那里。只是这件事他根本没有向我哥打过招呼。这是我的想象，不过，他应该写过要去跟老师商量的留言，然后放到了石崎神社里面的什么地方吧。"

高间点点头。这些与他的推理基本一致。

"然后我哥看见了留言……为了阻止这件事，他去追赶北冈学长。我哥……觉得让大家知道他右臂出了事一定大事不妙。这样一来，他就进不了职业棒球界了。或许他就这样一时冲动杀了人。"说完，勇树将右手食指和拇指轻轻按在了眼睑上。

高间闭上眼睛，头向前后左右晃了晃，发出了咔咔的声响。走廊里似乎又有人在跑动。"确实，"说完，他睁开了眼，"武志不会让别人知道他右臂的事。至少在他进入职业棒球界之前，他打算隐瞒下去。"

这些事情，高间是听了芦原的话得到确认的。芦原也注意到了武志右臂的问题。

"武志看来已经知道他的右臂不会再有起色了。无论如何，他已经无法投出那么多快球。虽然如此，他还在想办法隐瞒此事，然后进入职业棒球界。为此他做了长时间的努力。他想通过一种新武器来向众人隐瞒他右臂的毛病。而那个新武器，就是遗书上写的魔球。武志虽然希望作为一个职业棒球运动员一展身手，但最坏的情况是只要拿到契约金就行。他想得到巨额的契约金，给你和你母亲带来富足的生活。我从那个球探那里听说，他迫不及待地想解决入会契约金的问题。或许他是害怕人家得知他右臂的事情吧。"

"即便右臂一辈子都不能动了也没关系，只是在入会契约金解决之前，我必须隐瞒这件事。对我来说棒球就是这么一回事"——这是武志对芦原说过的话。因为身有残疾而不得不对梦想死心断念的芦原受到了触动，于是和他约定，无论发生什么，都不会将这件事说出。

"武志自然也应该跟北冈约定了，要北冈千万别把他右臂出问题的事说出去。所以当他得知北冈要去跟森川老师说这件事的时候，一定很震惊。可是——"高间停顿了一下，紧紧地盯着勇树，"武志并不是因为这种事情就萌生杀意的低劣的人。只是他不能原谅北冈没有遵守和他的约定。你知道武志在少年棒球队时发生的那场手套风波吗？"

"不知道。"勇树答道。于是高间将他从少年棒球队领队那里听来的话告诉了勇树。

"竟然有这种事？"勇树低声说道。

"我想这件事正说明了你哥哥强烈的个性。他对于不遵守约定的人，总是觉得有必要报复一下。在那种情况下，就变成了剪坏棒球手套的行为。而这次，他想通过刺死北冈的爱犬来报复。"

"啊！"勇树发出一声小小的惊叹。

"就是这样。武志的目标是狗，或许他是想刺伤了狗之后马上逃跑。然而北冈没有沉默，追赶上武志，二人扭打在了一起。就在这个时候，武志的小刀刺向了北冈的腹部。"高间将现场附近的打斗痕迹做了说明。"狗是先被刺死的，这个情况在案件调查初期就已经清楚。关于此事有许多推论，但无论哪个说法都不能完全和事实吻合。不过,这个解释让你明白了吧?"

高间说完,病房又一次被寂静包围。不知何处响起了铃声,或许是某所小学的铃声。

"我哥他……"勇树呆呆地看着窗外说道,"总是孤单一人。"

终章

傍晚时分突然下起了雨。高间没有带伞，便将手帕举在头顶跑着。在泥土路面上跑动，溅起来的泥水弄脏了他的裤脚，而刚买的上衣则湿得更厉害。

到达要去的公寓后，他胡乱敲了一阵门。里面传来大声的回应，接着森川打开了玄关处的门。

"哦，突然下起雨来了。"

"浑身都湿透了。梅雨真让人伤脑筋。"

"刑警是东奔西走的职业，带把伞出门是常识啊。"

"平时我穿的都是淋湿了也无所谓的衣服。对了，今天我买了瓶威士忌。"高间拿出酒屋的袋子。

"不好意思，我只准备了点啤酒。"

进了屋，高间把上衣挂在衣帽架上，用森川拿来的毛巾擦了擦头发和裤子，盘腿坐在了榻榻米上。

森川正在厨房准备啤酒和酒杯。对着他的背影，高间说道："说起来,今年夏天真是遗憾啊。"

"夏天?啊,你是说大赛的事吗?"带着稍显落寞的笑意,森川把啤酒拿了过来。他一边往高间的杯子里倒酒,一边说道:"算了,也没什么好说的。在我心里,高中棒球也结束了。我已经收获了许多快乐的回忆,之前我也这样说过吧?"

"听你说了。"高间也往森川的杯子里倒了酒。

开阳高中棒球部退出了自今年夏天的大赛起一年之内的所有公开赛,听说理由是接二连三的案件带来了不小的冲击,令各方都遇到许多麻烦。舆论似乎对这些事抱有深切的同情,但结果是在高中棒球联盟做出判定之前,校方自己决定退出。

与此同时,森川辞掉了棒球部领队一职。田岛等三年级学生也比往届稍早些退出了棒球部。

"接下来你想做什么?"高间问道。

"还没决定呢。"森川说道。

很快,寿司店的人送来了装着高级寿司的大盘子。这家店的食材很新鲜,森川边说边将寿司放在了矮桌上,接着又往高间的杯子里倒了酒。

"那她那边有消息吗?"高间把铁火卷塞进嘴里,问道。

"她来了封信,大概在一周前吧。信上说她现在生活得很安逸。"

"工作呢?"

"听说是在一个曾经受过照顾的婶婶家帮忙,做荞麦面。"

"嗯。"不知道该抒发怎样的感想,高间只得吃着寿司喝着啤酒。

那件事把许多人都卷入了悲伤之中,手冢麻衣子就是其中一个。如果那天晚上她没有碰见武志和北冈,也就不会和森川分开了吧。

那天晚上,麻衣子从这里回家,骑着自行车走在沿河堤的那条路上。她先看到了北冈的身影,从后面追上了他。

接着,她看见了从前方走来的一个人影。最初的证词里,她说这时她自行车的灯关着,所以看不清对方的相貌。然而实际上并非如此,车灯是开着的,而她也看见了对方的脸。对方便是棒球部的须田武志。

事情发生后不久,她就知道凶手是谁了,然而她迷惘着要不要把这一情况告诉警察。武志也是她的学生,她觉得想办法让他自首是教师的义务。但如果她单单只是向警察告密,那些有着固执偏见的老教师一定会非难她。他们会说,果然是年轻女教师,都没有认真考虑过教育的问题。

那怎么才能敦促武志自首呢?直接见面说服他——她最先想到的是这个。然而她又感觉命令他去自首会伤害他的自尊。她想尽量让武志自愿去自首。

就在这时,轮到她接受询问,向警察说明那天晚上的动向了。于是她想了一个自认为不错的主意。她想,只要只有武志一人知道她看见了他的脸就行了。而这个主意实施起来就是那段证词:

"太暗了,没有看得很清楚。要是开了车灯,一定能看到对方的脸。但那时我没有开。"

据棒球部的田岛说,她将这句话也告诉了武志本人。武志应该知道她说了谎,而他也应该确信她看见了自己的脸。

这样一来,只要他自首就没问题了。但武志采取的却不是这个做法。

武志的尸体被发现的那个早上,一封信寄到了麻衣子家里。是武志寄过来的,上面写了如下内容:

> 我会用自己的方式来承担责任。为了我的家人,那件事请不要说出去。拜托了!

虽然她有种不祥的预感,但那时她还没有清楚地认识到事态的严重性。直到上班后得知武志的死讯时,她才意识过来。由于过于震惊,那天她早退了。

自己的做法是不是错了?麻衣子得不出结论。因为又招致了一场悲剧,这总说不上是对的吧。

她考虑着要暂时休息,思考一下。她已经无暇考虑与森川结婚的事,也没有那个心情。一想到森川也同是教师,光是看见他的脸,她也会觉得难过。

请给我时间——她这么说完,就和森川分别了。

"那么,马上放映吧。"

寿司吃到一半,森川站了起来,从壁橱里取出一个像皮包一样的东西。打开盖子,里面有台放映机,还有八毫米胶片。高间今天正是为看这个而来。

"这是从摄影部那帮人手上拿到的。他们说本打算在文化节上放映，因为案子的关系也放不成了。于是交给我保管，要我送给须田的母亲。"

"原来如此。"高间赞同道。

森川将推拉门当作屏幕，调整了一下光的角度，然后关掉了灯。对焦过后，推拉门上浮现出很大的毛笔字样，写着"势头强劲　开阳棒球部之战"。

一开始的画面上，是一张眼熟的脸孔特写。那是开阳高中的校长，正在召集棒球部的成员叮嘱着什么。

"这是去甲子园之前的动员大会。"森川解释道。

接下来是大巴车上成员们的表情。与高间见过好几次面的那些人排在一起，有田岛、佐藤、直井和宫本。武志和北冈并排坐在一起，他没有看摄像机，而是把目光投向窗外。北冈或许是遇到了什么好笑的事，正快乐地笑着。想来，看见生前的北冈，对高间而言这还是头一回。

接着拍的是宿舍，还有森川。成员们正表情严肃地听他讲话。这应该是比赛前的训示了。

"这个地方也拍了吗？真没想到啊。"森川似乎有些害羞，将啤酒一饮而尽。

画面突然转向了教室里面，同学们正一脸认真地听着校内广播。和他们在一起的老师是手冢麻衣子，她担心的表情也给到了一个特写。

"他们用了四台摄像机,拍了很多表情。一台留在了学校,事后剪辑了一下吧。"

"应该是。"

现在的画面是球场。开阳队的三个击球手都未打出安打而出局了,画面拍摄的是长椅上众人的表情和失望的啦啦队。

突然,镜头转到须田武志的投球动作,接着是对方击球手挥空。这段拍得很好。比分牌上并列着"0"字。

"紧张的气氛恢复了。"森川说的是开阳队夺得宝贵一分的场面。因为对方第四球出现失误,适时安打而得了分。长椅上的队员们和观众席的观众欣喜若狂,学校里的学生也在欢呼雀跃。

此后武志连续快投,镜头显示比赛进展到了第九局下半回合。己方连续失误,武志面临着满垒危机。第一球、第二球投了出去。到此为止,比分为二比三;两个好球,三个坏球。

高间拿着酒杯,身子向前探去。

画面上全是武志投球的场景。接着击球手挥空,球落在地上滚动着。北冈追着球,跑垒员滑垒——

"暂停一下。"高间说道。

"马上就结束了。"

"不,我想再看一遍。能回放一下武志投出最后一球的场景吗?"

"行。"森川将胶片倒转回去,画面停在了武志即将投球的时刻,"从这里开始,行吗?"

"啊,行。能慢放吗?"

"能。"

影像慢慢地动了起来,武志抬起的手臂猛地往下落——

"停!"高间喊道。森川慌忙操作了一下。影像定格在刚刚投完球的武志身上。

"怎么了?"森川问道。

"武志的脸。你没看见他的脸正痛苦地扭曲着吗?"

"脸?"森川直起身注视起画面,"我不是很明白。我也不是没见过他这个样子,但这又怎么了?"

"不,"高间摇摇头,"没怎么,只是稍微有些在意罢了。"

"奇怪的家伙。"

森川继续操作放映机运转。影像中的甲子园,因为大阪亚细亚学园队戏剧般的逆转而一片沸腾。

高间喝了一口啤酒,因为在手掌中升了温,啤酒变得有些微暖。

那一瞬间,武志是不是感受到了右臂剧烈的疼痛呢?

高间呆呆地望着黑白的影像,思考起来。芦原也说过,武志时常会感到右臂有种麻痹般的痛感。

究竟武志有没有完成魔球?是因为完成了,相信了它的威力,才投出去的吗?

或者说——

魔球还没有完成吧,高间想。虽然没有完成,最后的那个局面里,他仍孤注一掷地试投了一下吗?

而这个球的结果……

高间想起芦原有关他创造的魔球的一番话。他说，他也是因为指尖受伤，不由自主地创造出了魔球。而他还说，那是神明一时高兴赐给他的礼物。

那一球不也正是这样吗？武志在棒球上赌上了青春，那一球是神明赐给他的仅有的礼物……

然而现在没有人能找出真相了。

放映接近尾声，画面上出现了在长椅前整齐列队的队员们的脸。

武志凝望着天空。

他在天空的彼方看见了什么？

谁都无从知晓了。

*

四月十日，星期日。

最近，我老是想起哥哥的事来。恐怕是长子加入了初中棒球部的缘故吧。他穿着球服的身影一出现，常常要让我吃一惊。

距那件事已经过了二十四年。

哥哥的选择是否正确，我决定不去思考。如果哥哥认为他做出的是最好的判断，那就确实如此。同时，我对自己的行为也没有后悔过。对那个时候的我来说，那确实是最好的选择。

妈妈着实老了，现在带着第三个孙子生活。虽然孩子十分调皮捣蛋,但她看上去还是很高兴。

然而我知道,妈妈会不经意地将目光投向远方。我也知道她看见了什么,因为我和她看见的是同一样事物,从今往后,不管时间过去多久,都绝不会在我们的心中消失。那个赌上青春,赌上性命,拼命守护我们的人,永远不会消失。

——摘自须田勇树的日记

图书在版编目(CIP)数据

魔球／(日)东野圭吾著；黄真译．——2版．——海口：南海出版公司，2019.11
(东野圭吾作品)
ISBN 978-7-5442-8054-9

Ⅰ.①魔… Ⅱ.①东… ②黄… Ⅲ.①长篇小说-日本-现代 Ⅳ.①I313.45

中国版本图书馆CIP数据核字(2019)第159154号

著作权合同登记号　图字：30-2019-108
MAKYUU
© by Keigo Higashino 1991
All rights reserved.
Original Japanese edition published by KODANSHA LTD.
Publication rights for Simplified Chinese character edition arranged with KODANSHA LTD. through KODANSHA BEIJING CULTURE LTD. Beijing, China.

魔球
〔日〕东野圭吾 著
黄真 译

出　　版	南海出版公司　(0898)66568511
	海口市海秀中路51号星华大厦五楼　邮编 570206
发　　行	新经典发行有限公司
	电话(010)68423599　邮箱 editor@readinglife.com
经　　销	新华书店

责任编辑　张　锐
特邀编辑　倪莎莎　王　雪
营销编辑　柳艳娇　范雅迪　李鹏举
装帧设计　朱　琳
内文制作　王春雪

印　　刷	河北鹏润印刷有限公司
开　　本	850毫米×1168毫米　1/32
印　　张	9
字　　数	180千
版　　次	2015年1月第1版　2019年11月第2版
印　　次	2023年7月第26次印刷
书　　号	ISBN 978-7-5442-8054-9
定　　价	58.00元

版权所有，侵权必究
如有印装质量问题，请发邮件至 zhiliang@readinglife.com